阅美文

知知而行行

徐迅雷 著

徐迅雷

西苑出版社

图书在版编目（CIP）数据

知知而行行 / 徐迅雷著 . —北京：西苑出版社，2018.12

ISBN 978-7-5151-0670-0

Ⅰ. ①知… Ⅱ. ①徐… Ⅲ. ①散文集—中国—当代 Ⅳ. ① I267

中国版本图书馆 CIP 数据核字（2018）第 289952 号

知知而行行

ZHI ZHI ER XING XING

出品人　赵　晖
责任编辑　赵　晖　辛小雪
特约策划　凌　翔
责任印刷　陈爱华　严令升
封面设计　戴　敏
出版发行　西苑出版社 XIYUAN PUBLISHING HOUSE
通讯地址　北京市朝阳区和平街 11 区 37 号楼　邮政编码：100013
电　　话　010-88636419　传真：010-84281520
　　　　　E-mail：xiyuanpub@163.com
印　　刷　三河市金元印装有限公司
经　　销　全国新华书店
开　　本　710mm × 1000mm　1/16
字　　数　160 千字
印　　张　12.25
版　　次　2019 年 6 月第 1 版
印　　次　2019 年 6 月第 1 次印刷
书　　号　ISBN 978-7-5151-0670-0
定　　价　49.80 元

（图书如有缺漏页、错页、残破等质量问题，由印刷厂负责调换）

目　录

第三辑　阅历阅读

第四辑　此岸彼岸

第五辑　立己立人

第一辑　艺人艺文

云雾里的双子星座

人类大多数文学艺术作品，通常都是一个人“生”下来的。然而，在人类历史上，当艺术群星闪耀时，有一对对特别的“双子星座”，发出奇异夺目的光芒，璀璨得让人感慨万千……

A. 梵高与提奥

在我一生的阅读中，没有比《梵高传》更震颤我心灵的传记作品了。20 世纪 80 年代初，我就读的那所师专藏在山沟里，一阳来复的光芒，似乎还没有让破败的图书馆从那长长的冬眠中完全醒来，然而传记大师欧文·斯通的这本名作，让旧而小的母校图书馆在我的心目中瞬时高大起来。书架上有一排关于梵高的书，我已记不清现在我手头这本常涛翻译、北京出版社出版的《梵高传——对生活的渴求》是否就是在师专所读的那个版本。我还眷恋于后来买的那本《亲爱的提奥》，它被同事借去后就有去无回了。我一直注意与梵高有关的诸多信息，从海子、余光中写纪念梵高的诗句到张承志搜集梵高的画册，从日本人以天文数字的价格买走《向日葵》到作家陈染写《阿尔小屋》一书……我甚至曾想过应该编一本中国作家写梵高的诗文集——因着梵高，诸多作家和诗人写出了生命中最璀璨的华章。

不知这个世界围绕着梵高发生了多少大事小事。不妨把这一切都看作围绕梵高的星团所发出的光芒。尽管梵高割下了自己的右耳，最后开枪自杀，但梵高这颗巨星是永远不会陨落的。

正如梵高临终遗言中所说的“痛苦即人生”，这世界上没有比梵高更孤独更痛苦的人了。读了《梵高传》便知道，我们人生所经历的一切苦难都不算什么。然而，梵高又是这个世界上最不痛苦、最不孤独的人。因为他的激情燃烧在画里，而他的画燃烧在他身后的整个世界里；因为他生命中的那些时光，有他亲爱的弟弟——提奥。

梵高的一生备受穷困，是提奥提供给他粮食；他一生屡遭挫折没有慰藉，是提奥给予他最温暖的爱；他一生甚至没有举办一次个人画展，是提奥在他死后几个月为他举办了一次小型个人画展……1890 年 7 月 29 日那个深沉的黎明，开枪自杀一天多后文森特·梵高还是走了。在奥维尔公共墓园安葬了哥哥的遗体后，提奥回到了自己的家。然而，“文森特的逝世使他日日夜夜沉浸在无法减轻的巨大哀痛之中”，半年之后，亲爱的提奥也辞世而去，他的遗体被葬在梵高之墓的旁边——同心爱者死也不分离。还有比梵高和提奥这对亲兄弟的情谊更让人心动的兄弟情谊吗？诗人海子在他的《阿尔的太阳——给我的瘦哥哥》中，也曾把梵高看成了他的亲兄弟：

你的血液里没有情人和春天
没有月亮
面包甚至也不够

朋友更少
只有一群苦痛的孩子，吞噬一切
瘦哥哥梵高，梵高啊
从地下强劲喷出的
火山一样不计后果的
是丝杉和麦田
还是你自己
……　……
红头发的哥哥，喝完苦艾酒
你就开始点这把火吧
烧吧

渴望生活的梵高，生活里只有绘画与提奥。没有提奥，就没有梵高的绘画之履、生命之履，就没有那两千多幅波光流泻、激情燃烧、辉煌灿烂的不朽画作，甚至梵高可能还活不到 37 岁这可怜的年纪。“没有比人类的爱更富于艺术性的事业。”这是梵高的话，最真切地体现在他们兄弟两人身上，真可谓“兄弟相爱撼山河”。

梵高和提奥，是人类历史的星空中一对辉煌璀璨的双子星座，穿过历史苦难的云雾，光耀人类的世界。

B. 帕斯捷尔纳克与伊文斯卡娅

在 1890 年，即文森特 · 梵高逝世的那年，俄罗斯的土地上诞生了一位文学巨匠，他就是帕斯捷尔纳克。他长着“像骏马一般修长”的脸庞，用作家张炜的话说，“上面凝聚了人类的全部睿智、坚定、仁慈和灵性”（见张炜《心仪》一书，山东画报出版社出版）。他是因长篇杰作《日瓦戈医生》而荣获 1958 年诺贝尔文学奖的著名作家、诗人。与梵高一生都遭受不幸不同，出身于高贵的艺术家庭的帕斯捷尔纳克只在晚年经受过不幸与苦痛。好在不幸伴随着他的同时，也有知己伴随着他——那便是云雾都无法笼罩她的美丽的伊文斯卡娅。

漓江出版社 1997 年出版了蓝英年先生翻译的《日瓦戈医生》。这是该社出版的“获诺贝尔文学奖作家丛书”中的一本。丛书都是鲜红的封皮，在我的书架上这一排长长的红色是这般夺目。《日瓦戈医生》书后附录了蓝英年先生所写的《帕斯捷尔纳克和他的红颜知己》一文，让我们透过云雾，在遥远的星空中看到了又一个璀璨的“双子星座”。

1946 年，56 岁的帕斯捷尔纳克着手写作《日瓦戈医生》，也是这一年，他在《新世界》编辑部里认识了伊文斯卡娅。他见到超尘脱俗的美丽的她，震撼无比；她见到才华非凡的崇敬的他，激动不已。这一年伊文斯卡娅 34 岁，她的第一任丈夫在大清洗中被迫自杀，第二任丈夫病故，此时此刻她同女儿相依为命。22 岁的差异并未阻碍他们相爱。一年后，帕斯捷尔纳克对伊文斯卡娅说：“普希金没有凯恩心灵不充实，叶赛宁没有邓肯写不出天才诗句，帕斯捷尔纳克没有伊文斯卡娅便不是帕斯捷尔纳克。”伊文斯卡娅不仅成为帕斯捷尔纳克温柔的情人，还成为他事业的坚定支持者。为了支持和帮助帕斯捷尔纳克写作和出版《日瓦戈医生》，她受尽了磨难：先是被捕，在劳改营里关了五年并在刨地时流产；后因《日瓦戈医生》在国内无法出版并将其转交意大利出版商预备先在国外出版，而被高层人物召去受到严厉斥责；后又因《日瓦戈医生》荣获诺贝尔文学奖，而饱受威胁迫害……

迫于那个时代、那个社会、那个环境里的无边的压力，更因为要保护心爱的伊文斯卡娅不遭灭顶之灾，帕斯捷尔纳克在痛苦中作出了拒领诺贝尔奖奖金的决定。两年后这位伟大的作家身心交瘁溘然长逝。紧接着，伊文斯卡娅和她的女儿同时被捕，被以莫须有的罪名分别判处四年和两年有期徒刑。但她仍没屈服。或许正如古罗马诗人奥维德所说的："最悲惨的命运是安全的，因为不用担心会变得更坏。"

伊文斯卡娅已化作了《日瓦戈医生》里的女主人公"拉拉"，永远地存在着，永远地美好着。

C. 柴可夫斯基与梅克夫人

在学校图书馆一次旧书折价处理中，我买到了一本音乐传记作品——《我的音乐生活》。这真是一本"旧书"：是上海文化出版社的前身——新文艺出版社于 1951 年 12 月出版的书，繁体字竖排本。这是柴可夫斯基和梅克夫人那绚丽丰富的信札的收编本。与《梵高传》书中收有梵高的画作一样，这本旧书中也收有柴可夫斯基和梅克夫人的"老照片"。虽是黑白照片，却印得非常清晰。俊美的柴可夫斯基目光睿智，端庄的梅克夫人神情沉郁。然而，那时年轻的我决然不曾想到，世上还有这样一对美丽却天生害羞的人儿。

感谢 1876 年 12 月那个寒冷的冬夜，感谢鲁宾斯坦，是他那天在梅克夫人的客厅里，用钢琴奏响了柴可夫斯基的交响诗《暴风雨》。那美丽而忧郁的乐音，从鲁宾斯坦变魔术般的手指间流淌而出，流进了梅克夫人的心田，震颤了她的心灵，滋润了她的情感。这位富有的遗孀，从此走进了柴可夫斯基的艺术殿堂和心灵世界，开始资助这位穷困潦倒、几次想向命运低头的音乐天才。

随着时光的流逝，有着极高音乐修养和精辟艺术见解的梅克夫人与柴可夫斯基建立起越来越深厚的友谊。然而这对真挚的友人，因着天生的害羞而奇怪地从不相见，他们之间交流思想感情的唯一方式就是撰写"两地书"——相互通信。在我的心中，老柴与梅克夫人的信札是世界书信史上最绮丽的瑰宝。是音乐之声滋养了心灵之声，又是心灵之声谱写了音乐之声。就像在梵高的身边安排了亲爱的提奥一样，上帝又在柴可夫斯基的身旁安排了亲爱的梅克夫人。金钱的资助之外，更重要的是精神的援助。没有梅克夫人，就没有柴可夫斯基那伟大的艺术成就。

这一定是在关闭了所有的门扉之后，上帝亲自为老柴打开的一扇窗户。于是，那场给他带来巨大痛苦的与安东尼娜的不幸婚姻已显得不重要了——到了 37 岁这个梵高辞世的年龄才姗姗来迟的中年婚姻差点让他自杀；于是，那场因《降 b 小调第一钢琴协奏曲》导致鲁宾斯坦大声责骂的风波也显得不重要了——尽管名人的口中“涌出了话语的巨流”、声音“像雷公丘比特的声音”。

我想起 1994 年阳春三月的一天，我端坐在久违的影院里看一部名叫《蒋筑英》的中国电影，当看到成千上万的人在追悼之时点燃那繁星般灿烂的红烛，听到伴随着红烛闪烁的画面响起的不是《悲怆交响曲》而是这首《降 b 小调第一钢琴协奏曲》时，我被那热情的春天般的乐音感动得热泪盈眶。

此时此刻，柴可夫斯基和梅克夫人的美好形象就映现在我的脑际，那美好的音乐就萦绕在我的耳边……

花动已是满山春色。

D. 李默然与王秋颖

艺术圣境通天地。

艺术魅力泣鬼神。

很喜欢一位优秀的表演艺术家，他是我国的话剧影视老演员李默然。不仅仅是喜欢他外在的形象语言和形体语言，更喜欢聆听他那饱满浑厚、有着磁性张力的戏剧语言。李默然艺术上的老搭档是王秋颖。在书中曾读到这么一个情景，让我热泪盈眶：

在《甲午风云》里，李默然出演邓世昌，王秋颖出演李鸿章。有这么一个场景，李鸿章与洋人在大堂内谈判，洋人居高临下出语不逊，激怒了在二堂等候的邓世昌，他忍不住将茶盅重重一磕，说道：“一派胡言！”惊动了里面的洋人和李鸿章，李鸿章喝道：“谁在二堂喧哗？！”

饰演李鸿章的王秋颖和出演邓世昌的李默然一定都对此情此景此喝问刻骨铭心。因为后来发生了比这更令人铭心刻骨的场景——前些年王秋颖因患肝癌不幸去世，临终前很想见老搭档李默然一面，在外地拍戏的李默然接电后乘飞机赶赴医院。王秋颖昏迷着。医务人员不准他进病房。双方起了争执。李默然的话剧嗓音职业性地高起来。就在这时，忽然听到病房里的王秋颖喝问道：“谁在二堂喧哗？！”

李默然闻声，不由分说一把推开医务人员，一头撞进病房，似有马蹄袖左右拂扫，抢步上前，单腿打千，低头道：“回大人，是标下邓世昌，拜见中堂大人！”弥留之际的王秋颖紧紧攥住李默然的手，两人泪流不止。王秋颖就此溘然长逝。

这个故事记录在一本叫《二堂喧哗集》的书中。那是浙江文艺出版社在 1995 年出的一本省内散文作家的作品集子。书中散文的内容大多已忘却，但谢鲁渤所作代序中描述的这个情节却将永铭不忘。

只要有这么一次艺术的升华，那艺术生命中的璀璨星光就永远不会陨落。死是不存在的。

我没有看过电影《甲午风云》，当年错过了也就只能错过了。后来进入了互联网时代，终有机会在网上看到视频片段。准确的场景，原来不是“邓世昌忍不住将茶盅重重一磕”而是将折扇一挥，打碎了桌上的果盘：“胡说八道！”继而在网上看到文章说，病房里王秋颖说的那句“谁在二堂喧哗”，在外头的李默然并没有听到，所以他当时不知道这回事；是在王先生去世后，他的家人告诉了李默然，之后李默然在向王先生遗体告别时答了一句：“标下邓世昌！”2012年11月8日，李默然先生因病在北京去世，享年85岁。

细节有出入，精魂仍一样。这就是艺术与人格的软实力，那么丰沛，那么给力，那么温暖。

…… ……

痛苦让生命光辉。

真爱让生命光辉。

艺术让生命光辉。

精神让生命光辉。

亲情、爱情、友情、搭档情；美术家、文学家、音乐家、表演艺术家。在人类历史上那闪耀的群星中，让我们注视那些夺目的双子星座，遥寄我们的敬意。

呀，是鲍勃·迪伦！

诺奖很不喜欢被你猜中。越来越不喜欢。

2016 年 10 月 13 日上午，我在一个培训班讲课，包含互动提问在内，课程共持续 3 个多小时，中间没有休息。课程名称是《新闻采编通论》，实际是《新闻采编实践》。一开始就从新闻专业主义说起，中间拔起一个高峰，新闻专业主义的高峰，那就是阿列克谢耶维奇。在全部 160 张 PPT 中，我用了 10 张来讲她。阿列克谢耶维奇是白俄罗斯的一位女记者，她以“口述实录”的新闻兼文学的模式，赢得了 2015 年度诺贝尔文学奖的殊荣。然后我随口说道，今天傍晚今年的诺贝尔文学奖就将颁出，不知谁会获奖。

想不到啊想不到，获奖的是美国民谣歌手、音乐家、诗人鲍勃·迪伦（Bob Dylan）！瑞典文学院给出的理由是，鲍勃·迪伦“在美国伟大的音乐传统下创造了新的诗意表达”。

陪跑多年的村上春树继续陪跑。网友说，“村上春树是鲍勃·迪伦的粉丝，心疼村上！”尽管鲍勃·迪伦此前已经很多次被诺奖提名了，可谁想得到这次是一大把年纪的他老兄获奖呢！美国人戏言：诺奖搞错分类了吧！

A

这就难怪网络段子喷涌而出了。给我印象最深的是这个：

“鲍勃·迪伦已经拿过奥斯卡奖、金球奖、格莱美奖、普利策奖、诺贝尔奖，现在就差一枚奥运金牌了！”

奥运金牌啊，生于1941年的鲍勃·迪伦，接下来给奥运会写个主题歌，然后奥委会颁发给他一枚奥运荣誉金牌，也不是不可以。

可是没想到呀没想到，历尽沧海桑田的鲍勃·迪伦听闻消息后，却对得奖保持沉默，只字不提。那时他正好在拉斯维加斯举办一场演唱会，他除了唱歌外，没有说任何话，自然也就没有提诺贝尔文学奖。有报道说“鲍勃·迪伦玩失联”，诺贝尔委员会联系不上他，只好放弃了联系他的努力。甚至还有“洋葱新闻”说他拒绝了诺贝尔文学奖，瞧那“一夜没合眼，坐在欧洲地图前盯着看”的“细节描写”，就够“洋葱”的。

作家们的反应比较多彩，欣喜的，失落的，抨击的，怎样的都有。毕希纳文学奖、卡夫卡文学奖获得者，奥地利作家汉德克，毫不客气地抨击瑞典人的错误决定：“这是一个巨大的错误——把诺贝尔文学奖颁给鲍勃·迪伦。对我来说，文学是阅读的，而鲍勃·迪伦不能被阅读。诺贝尔文学奖评委会的这个决定，其实是在反对书、反对阅读。我不想让人误解，我还是会认为鲍勃·迪伦是20世纪最伟大的人物之一，他比丘吉尔、肯尼迪还要伟大。但将诺贝尔文学奖颁给他，其实没有什么意义，甚至是对文学的侮辱。这个决定很显然是一些不读书的人做出的。鲍勃·迪伦的词，如果没有音乐，什么都不是。所以我们要坚持语言本身的东西，这是我的基本立场。”

鲍勃·迪伦被认为是20世纪美国最重要、最有影响力的民谣、摇滚歌手，被认为“真正赋予了摇滚乐以灵魂”，直接影响了一大批同时代和后来的音乐人。可我是古典音乐迷，30多年前就开始酷爱老柴贝多芬格里格卡夫卡什么的，哦，后面那个是我喜欢的作家。我只是偶尔喜欢一下美国那些乡村味儿十足的歌曲和音乐，《田纳西圆舞曲》《乡村路带我回家》什么的。鲍勃·迪伦的歌我听过一两首，比如他的代表作《Blowing in the Wind》，现在回过头去听似乎也就喜欢一两首。作为背景音乐，倒是听过不少回“小娟 & 山谷里的居民”演唱《Blowing in the Wind》，是那种软软的结构与解构。

这首歌我确实喜欢，词曲皆喜欢。过去作文，多次引用过其歌词：

“一个人要走过多长的路，才能成为真正的男人？一只鸽子要飞过几重海洋，才能在沙滩上安睡？……一个人要仰望多少回，才能望见真正的苍穹？一个人要多么善听，才能听见他人的呐喊？……一座加农炮还要发射多少次，才会被永远禁用？……”

不同版本的译文各有各的不同，如歌曲译名就有《飘在风中》《在风中飘荡》《在风中飘零》《答案飘在风中》《答案随风飘逝》等；但那种连珠炮似的成串反问，具体可感的诗歌意象，刚柔相济的情感表达，总能直达人心，让人过耳难忘。后来的后来，它还成为电影《阿甘正传》里的一个插曲。

而更重要的是，这是一首反战歌曲。

查我的微博，2012年7月2日00:38有这么一条：“在最宁静的夜，聆听一下鲍勃·迪伦的经典老歌《Blowing in the Wind》。”

B

鲍勃·迪伦的回忆录《编年史》，记录了自己生命中种种平凡又非凡的时刻。

1941 年，鲍勃·迪伦出生于美国明尼苏达州的一个小镇。1959 年，他高中毕业后就读于明尼苏达大学；在读大学期间，对民谣产生兴趣，开始在学校附近的民谣圈子演出。1961 年 20 岁时，他移居纽约曼哈顿，签约哥伦比亚唱片公司。1962 年，他推出处女专辑《鲍勃·迪伦》。

2011 年，一大把年纪、即将跨过 70 岁门槛的鲍勃·迪伦，首次在中国内地开演唱会，不过他在中国内地的影响确实不怎么大，无论是歌还是诗。

然而，他是“真正赋予了摇滚乐以灵魂”的人，他曾入选《时代》杂志和哥伦比亚广播公司“世纪百人”名单，是美国主流大众文化的偶像之一。有报道说，几乎在所有类似《滚石》“最伟大的音乐人”“最伟大歌曲”“Top 10 唱作人”的榜单上，鲍勃·迪伦或他的作品都是排名最高的那个。英国《卫报》曾专门对世界上所有有关摇滚乐手的书籍做了个统计，发现在英国图书馆的书目列表中，有关鲍勃·迪伦的图书是最多的，达到 138 本。已七十多岁的鲍勃·迪伦，像一块滚石一样滚到现在，持续有新作出品；2016 年 5 月，他还发布了新专辑《坠落天使》，这也是他第 37 张录音室专辑。

在他的人生历程中，有个意外是，1966 年欧洲巡演结束返美后，他遭遇了摩托车车祸，17 个月后才恢复公开演出。

1988 年，鲍勃·迪伦进入美国摇滚名人堂。

而今以这样的身份获得诺贝尔文学奖，鲍勃·迪伦可是有史以来的第一个。与等身的音乐作品相比，鲍勃·迪伦的文学作品不算太多，诗集一部，自传一部，这两个算代表作，其他还有一点儿。在中国大陆的书店里找不到他的诗集，他的自传《编年史》倒是翻译过来了，出版时书名改成了《像一块滚石》，后来又改回了原书名。诺贝尔文学奖似乎越来越对已畅销的图书说“不”，而是更喜欢指引畅销的方向。

台湾曾翻译出版了他的自传，书名为《摇滚记》，他的名字被译为巴布·狄伦。《摇滚记》由大块文化出版。下面这段是他们对本书的推介内容的摘要（我将“狄伦”改成了“迪伦”）：

在《摇滚记》中，迪伦回顾了人生几个重大转折。读者跟着他的步伐，从故乡明尼苏达州来到纽约曼哈顿；看见迪伦带着对民谣的热爱来到纽约，尽可能寻找表演的机会，但他只唱自己想唱的歌。他聆听各种民谣并欣赏其他歌手；他阅读思想经典，因为诗而震撼，因为故事而感动。几段恋情随风而逝，几个朋友终生维持情谊。在伤逝的情怀之中，迪伦追忆往事，情景鲜明，历历如昨。有时叙情，有时写景；有时诗意，有时热情。《摇滚记》承载了他对于一个非凡时代所怀抱的情感，呈现了一颗诚实的艺术心灵，让世人更深入思索迪伦对世界的影响……他的歌声如此美国：宽大、认真、充满理想，节奏感十足。他所说的故事如此引起共鸣：愤怒、慧黠、辛辣、纯洁、批判、伤感。那样的迪伦，是如何形成的？他的自传将会给出答案。

“前方的道路将会崎岖艰难，我不知道它通往何方，但我还是踏上这条路。眼前即将出现一个奇怪的世界，乱云罩顶，闪电频传。那个世界，许多人不理解，也从来没能弄懂。我却直直走了进去。那是个宽广的世界。”这是鲍勃·迪伦在自传结尾写下的话。没错，那个世界宽广极了；而今站在诺奖的高峰上，更是能够看到浩渺的世界。

C

事实上，诺贝尔文学奖的价值取向并没有多大变化。

诺贝尔奖本身就是一个“自己说了算”的奖，不用个人填表格，不用层层报批，有专家推荐提名就好，评委自行投票决定，然后突然给获奖者一个惊喜。这样的运行机制，让它很难被他人左右，尤其不会被权力左右。

而诺贝尔文学奖显然不喜欢“颂歌”，而青睐“反对”。去年的阿列克谢耶维奇是这样，更早的许多作家是这样，今年的鲍勃·迪伦同样是这样。

在曼哈顿的鲍勃·迪伦，年轻之际赶上了“越战”，那时的鲍勃·迪伦正青春。

“给和平一个机会！”在20世纪60年代“越战”胶着的时候，很多美国人发出这样的呼声。鲍勃·迪伦一出道，就拥有了“抗议者歌手”的身份，创作于1962年4月的《飘在风中》，正是他的成名作和最重要的代表作之一。通过歌曲，鲍勃·迪伦希望世人能以和平理性的态度来解决争端，不要再让无辜的人们丧生在没完没了的战火中，成为炮灰。

20世纪60年代的美国，那可真是风起云涌。鲍勃·迪伦的另一个参照就是著名的黑人民权运动领袖马丁·路德·金。1963年，马丁·路德·金谒见了肯尼迪总统，要求通过新的民权法，给黑人以平等的权利；1963年8月28日，在林肯纪念堂前，在“为争取自由而举行的最伟大的示威集会”上，他发表了《我有一个梦想》的演说。众多支持民权运动的歌手，一起在现场演唱了鲍勃·迪伦的《飘在风中》。这首新歌，在当时几乎成了整个民权运动的圣歌。

岁数比马丁·路德·金小一轮的鲍勃·迪伦，那时是个小年轻。金和迪伦，都很清楚那个时代的社会环境。鲍勃·迪伦积极参与各种政治运动，写了大量的抗议歌曲，是一个很帅很酷的反对者的形象。“无人自由，即使是鸟，也被天空囚禁。”他也被称为“反文化一代的精神领袖”。作为一位抗议歌手，鲍勃·迪伦嗓子沙哑，“不着调地唱着反战、爱情、茫然和失望，代表了 60 年代的美国”。事实上，那时鲍勃·迪伦的歌喉实在不那么讨人喜欢，他的许多歌其实是另外的歌手给唱红的，红翻天。然而，鲍勃·迪伦的文化意义和社会价值，其他歌手难以比拟。他成了 20 世纪 60 年代美国民权运动在音乐界的代言人。

1964 年，马丁·路德·金获得了诺贝尔和平奖。如果说马丁·路德·金的心声是呐喊出来的，那么鲍勃·迪伦的心声就是摇滚出来的。今天鲍勃·迪伦获得诺贝尔文学奖，穿越遥远的时空来看，是对马丁·路德·金获得诺贝尔和平奖的一次呼应，像是一次历史的回声。

网友“心若”说:“诺奖颁给风，颁给滚石，颁给灵魂。虽不可标签，无从定义，但又准确无比。文学从今天起不再是狭义的文学，而是一种支撑世界的内在魂魄，无形、柔软而坚硬。”其实，诺贝尔非科学奖，本质上是奖给战士的。有网友称鲍勃·迪伦为“民谣老炮儿”。有个细节是，鲍勃·迪伦从来不买政治家的账，他甚至说:“大多数总统就职时都有最好的意愿，最后却灰溜溜地下了台，例如约翰逊、尼克松、克林顿……以及杜鲁门，好比他们飞得离太阳太近，结果就被烧死了。”还真是颇具“老炮儿”的风格。

D

歌手的本质是诗人。

如果说阿列克谢耶维奇是写着写着就变成了著名作家，那么鲍勃·迪伦就是唱着唱着就变成了著名诗人。尽管他迄今只出版过一本诗集，而且咱们还没有来得及好好地为他翻译过来，出个漂亮完整的中文译本，只是在杂志和网络上看到那么二三十首译作。

在音乐界，“鲍勃·迪伦毫无争议最能俘获人心”。作为一个以摇滚风格唱民谣的音乐人，鲍勃·迪伦能自己完成“词曲唱”三个环节，实现对受众的“一条龙服务”。艾伦·金斯堡认为“他的作品，帮我们恢复了音乐与诗之间至关重要的联系”。早有人说了，“如果忽略了他在文学上非凡的成就，那么这将是一个巨大的错误”。还有一个说法更干脆：“鲍勃·迪伦不需要诺贝尔奖，但诺贝尔奖需要鲍勃·迪伦！”

溯及最早，那时“诗歌不分家”，诗有韵律，与歌相辅相成，诗即歌、歌即诗。咱们“越古老，越美好”的《诗经》就是这样的，《毛诗序》不是说了吗：“诗者，志之所之也。在心为志，发言为诗，情动于中而形于言。言之不足，故嗟叹之。嗟叹之不足，故咏歌之。咏歌之不足，不知手之舞之、足之蹈之也。”这是把诗、歌、舞都看成是一家了。诺贝尔文学奖委员会常任秘书萨拉·达尼乌斯，就将鲍勃·迪伦和古希腊诗人的文学传统相联系：“如果回到 2500 年前，你会发现荷马和萨福创作的诗歌，本身就是为了让别人听到，也就表示，这些诗词本身就是为表演而作，有时还会用到乐器，就像现在的迪伦一样。”所以，这回还真不是“诺奖搞错了分类”。

“我所做过的就是唱歌，这些歌直截了当，表现了巨大的崭新现实。”鲍勃·迪伦如是云。其实他并不太愿意别人把他看成是“代言人”，有多么“任重而道远”。“最大的麻烦是媒体总想把我当成话筒、发言人，甚至是一代人的良心。据说我替整整一代人发出了声音，但我和这代人基本没什么相似之处，更谈不上了解他们。我离开家乡不过十年，没有大声表达过任何人的观点。我的命运就是随遇而安，这与代表任何一种文明毫不相干。”鲍勃·迪伦在自传《编年史》中说，“真实地面对自己，这是最重要的事。与其说我是一个仙笛神童，不如说我是一个放牛娃。”这听起来大有“明知山有虎，偏向釜山行”的味道——原来他上的是釜山而不是虎山呀！然而，艺术的力量，恰恰在“形象大于思维”，鲍勃·迪伦在诗歌中所展示的形象，投影到读者和听众的心中，拥有什么意味，就不是鲍勃·迪伦本人所能控制的了。

与鲍勃·迪伦形成鲜明对比的，是比他大不了几岁的同时代人莱昂纳德·科恩。科恩出生在加拿大，主要成就在美国取得。科恩也是歌手兼诗人，有人称他为“摇滚乐界的拜伦”。透过他的作品，可以清晰地看到，他自怜、犬儒、沉溺、愤世，似乎从来都不快乐。我们通过一本《渴望之书》认识科恩，芒果台的“我是歌手”中的李健，就拿了一本科恩的《渴望之书》上场演唱，并称之为“震场之书”。《渴望之书》的主译者孔亚雷，是我的前同事。这本诗歌的中文译本，影响确实大。书中的插画，还是科恩自己亲笔绘制的；许多诗画让人过目难忘，比如配了插画的情诗《最甜蜜的短歌》，只有短短两行“你走你的路 / 我也走你的路”，让人啧啧不已。莱昂纳德·科恩可与鲍勃·迪伦并驾齐驱，他一样曾获诺贝尔文学奖提名，甚至人们通常认为“其文学造诣远高于后者”。但是，莱昂纳德·科恩一般只被看作“民谣运动”的传奇人物，而非“民权运动”的传奇人物。这就看出他与鲍勃·迪伦的主要区别，以及诺奖为何选择鲍勃·迪伦了。

鲍勃·迪伦的作品不恪守常规，也不玩道德手段，但内在风格非常充沛。2011 年第 4 期的《诗林》，刊出了一组鲍勃·迪伦的诗歌，由周公度翻译。让我们欣赏若干：

我在离家千里之外的地方
走在一条荒僻公路之上
我看见了你世界中的人与事
倾听乞丐、农夫、王子和国王。

嘿，伍迪·格思里，我给你写了一首歌
关于这来到的奇异的旧世界
它似乎病态又饥饿，疲惫又破烂

它看上去濒临绝境，又像刚刚出生。

——这是《给伍迪的歌》第一、第二段，批判眼光所见的事物，就是有不一样的意象。面前是现实世界，笔下是语言表达。鲍勃·迪伦曾查阅更早时期的报纸，然后说：“我对当时的语言和修辞手法，比对当时发生的事情更感兴趣；读那些报纸，并不觉得它们描述的是另外一个世界，只是比现在的世界更有急迫感。”

一个伟大的人曾经说过，
某些人用一支钢笔就可以掳掠你。
用不了太久你就能发现，
他言语中的深意。
许多人的桌子上没有多少食物，
但他们却拥有不少刀叉，
——他们总是要切点什么。

——这是《谈谈纽约》中的一段，写于1962年。背着旧吉他的鲍勃·迪伦，匆忙赶上一班地铁，经过一番摇晃、颠簸、推挤，终于来到格林尼治村；他在一间咖啡屋的舞台上弹唱，人们在台下喊：“早点回去吧，你就像个乡巴佬；我们需要的是民谣歌手。”可见那时他的歌喉不是受人热爱的天籁；后来他得到了一份吹口琴的活儿，“一天一美元，我几乎把肺吹出体外”。

如果你旅行至北方乡村的集市，
那边界上的风常忽然来临而低回，
请代我向一个住在那儿的人问好。

她曾是我的挚爱。

——这是《来自北方乡村的女孩》的首段。你不会没有想起那首同时代的英国民歌《斯卡堡小镇》吧？歌词的韵味那么合拍合辙，那么自然、质朴、简单、空灵。莎拉·布莱曼演唱的《斯卡堡小镇》最是悠然深切、精妙到位、超凡脱俗，一定是读鲍勃·迪伦这首诗时的最佳配乐。

我的宝贝和一些坏男孩去了伊利诺伊州
一个真实的自杀案例，但我却无能为力，
我不关心经济，也不在意天文学
但它们确实扰乱着我，眼睁睁看着心爱的人成为木偶，
慢火车自拐弯处驶来。

——这是《慢火车》的最后一段。这里多少有些错综复杂，发自内心的情感。我的一位爱读书但不写诗的朋友说："鲍勃·迪伦的歌词直白却不俗，有良好的逻辑连接，有深刻的意蕴，却描绘得散淡，好喜欢他的词。"

鲍勃·迪伦的诗歌中，出现最多的人物意象就是"我"，可谓"篇篇有我"；然后是"你"，可谓"时时有你"。自己的经历阅历，就是他诗歌创作的源泉。这里所译的诗作，大多不是作为歌词拿来演唱的，不适合演唱，就是诗。

歌手的本质是诗人。

E

2006 年 11 月，在英国克里斯蒂拍卖行，有 16 页鲍勃·迪伦在 1960

年所写的诗歌，拍出了 7.8 万美元的高价。

他是伟大的歌手，也是伟大的诗人，这个不必怀疑。

相比之下，几十年来，这样的诗者歌者，在我们这里却看不到。百年前，李叔同算一个，但那毕竟是百年前了。如今我们歌曲的作词作曲两者，明显是作曲者好过作词者，旋律动听的好歌不少，美好深邃的歌词却几乎没有。

2011 年鲍勃·迪伦来到中国开演唱会，在北京工体长达近两个小时的演唱中，“迪伦并没有像很多中国听众期待的那样，演唱在听众心中最为著名的《飘在风中》《时代在改变》等歌曲”，有现场观众“表示失望”。此时，他是一位“单纯的民谣歌手”。

好吧，让我们像鲍勃·迪伦那样，在失落之地，蹚过冰河，记下得分，迎接新的早晨。

蔡国强的艺术的天梯

失败的作品是无缘的梦中情人，蔡国强如是说。“我做作品时常把自己逼上绝路，我相信作品在绝处会逢生。”他说自己不是没有做过事后感到后悔的作品，但一切只能长远地去看，不可能步步精彩，愿意承认自己马失前蹄，以后就会小心。

作为在一个领域成长为世界顶级艺术家的蔡国强，他的杰作《天梯》在成功前“失败”了好多次。1994 年在英国巴斯，恶劣的天气状况让气球无法起飞，大雨中一番折腾最终放弃；2001 年上海 APEC 峰会开幕前夕，突发“9·11 事件”导致安保形势升级，创作活动不得不取消；2013 年在洛杉矶格里菲斯天文台，因为得不到周边山上所有居民同意、拿不到许可证，计划又一次搁浅……越是失败，越是成为蔡国强执着追求的“梦中情人”,《天梯》已然成为他的“梦中情人”第一号。

2017 年 9 月 22 日，在西湖文化广场地下层的一家影院，我端坐在座椅上，等待纪录片《天梯：蔡国强的艺术》(以下简称“纪录片《天梯》”）的开映。偌大的放映厅里，上午场仅有两个观众，一个是我，一个不是我，但跟我年纪差不多。纪录片《天梯》是关于蔡国强艺术人生的纪录片，在这之前点映过，好评如潮，豆瓣上的评分为 8.6。对艺术感兴趣的人如果不去看，真是可惜了。

纪录片《天梯》是蔡国强的首部电影纪录片，记录的是蔡国强艺术人生的"九级浪"，"既是一个从中国出发、成为具国际影响力艺术家的励志故事，也体现着新时代中国人的追求和精神"。导演是英国籍的奥斯卡金像奖导演凯文·麦克唐纳（Kevin Macdonald）。凯文是蔡国强的朋友邓文迪推荐的，此前他从未到过中国。凯文耗时两年，从纽约、布宜诺斯艾利斯、上海、北京、浏阳到蔡国强的家乡泉州，遍访蔡国强的工作现场及其亲友、工作伙伴和合作专家，无限度深入蔡国强工作和生活的场景，同时从数千小时的珍贵影像素材中撷取精华，讲述了蔡国强的艺术之路。

公众熟知蔡国强，是因为他担任了 2008 年北京奥运会开闭幕式的视觉特效艺术总设计，让全世界看到了那呈现于天空中、一步步走向鸟巢的 29 个大脚印。蔡国强把中国古代四大发明之一的火药，在现代玩到了极致——艺术的极致。2001 年，他担任上海 APEC 会议焰火表演总设计；2009 年，他担任新中国成立 60 周年焰火表演总导演；2010 年，他担任台北 101 跨年焰火秀总设计……多年来，他的火药艺术引爆全球，作品横跨绘画、装置、影像、表演等领域，融通东方与西方，充满想象力和创造力，极具深刻性与观赏性。蔡国强有着罕见的秉性与禀赋，被评为"全世界最有创意的一百位人物""世界艺术界最有影响力的一百位艺术家"，《纽约时报》称他为"世界上不可或缺的艺术家"。2012 年，他获得有"艺术界诺贝尔奖"之称的"世界文化奖"绘画类终身成就奖。

蔡国强出生于 1957 年，他的家乡是福建泉州，一个面朝大海的城市，南边不远处就是厦门。一看蔡国强的形象，就会想到闽南人。1981 年，在泉州高甲戏剧团工作的蔡国强，考入了上海戏剧学院，学习的专业是舞台美术。毕业后不久，在1986年底，经由紫禁城出版社社长李毅华介绍，他一个人到日本筑波大学就读现代艺术研究生，从此走向世界；30多年来，他在五大洲不同文化中成长，成为享誉全球的火药爆破绘画塑形艺术家。

从物质到娱乐，这是文化；从娱乐到艺术，这是升华。有了艺术，焰火火焰就有了灵魂。纪录片《天梯》一开始就讲中国人发明了火药，焰火当然会经常出现在中国人崇尚的喜庆团圆里。从影片剪辑的角度看，我想应该一开始就把一场场火药爆破的震撼场景炸在观众的视野里，而不是先来一段简单沉静的火药介绍。中国古代四大发明之一的火药，到了欧洲变成了洋枪洋炮，而我们却只用来做烟花爆竹，有人说这是“落后”，当然也有人说这证明国人热爱和平。在杨照、李维菁所著《蔡国强：我是这样想的》一书中，作者称他为“一个盗火者”。不管怎么说，在艺术家蔡国强手里，火药引爆的焰火变成了艺术，既通向中国人的民俗和传统，也通向世界、通向未来。

如果说罗丹的雕塑是“向石头找灵魂”，那么，蔡国强的焰火艺术就是“向火焰找灵魂”。蔡国强最喜欢“瞬间的艺术”，火药爆破爆燃，都是以“秒”为单位计时的，然后留下永恒。他认为他做不了花费很长时间在石头上雕刻出一件作品那样的事。他曾和他的朋友、音乐家谭盾谈起音乐与艺术创作的不同。谭盾说，有了一段很棒的旋律，但是为了要表现这个旋律，必须在作品前面铺陈很久，然后让那喜爱的旋律隆重出现一下，又得隔很长一段，这段旋律才能再出来一次。而蔡国强的艺术感觉是：“我觉得我只要喜欢其中一个旋律。除了那段主旋律，我不想听其他的部分。”火药爆燃，每次都是一个主旋律的直接呈现，这最符合蔡国强的艺术偏好了。

执着与热爱，挣扎与妥协，坚韧与柔软，亲情与温暖，纪录片《天梯》的主脉络，说的是艺术家蔡国强的成长记。“除了艺术家，他还是丈夫、是父亲、是儿子、是孙子，是一个普通真实的人。”在影片里，蔡国强回忆了父亲对少年时期的自己影响很大的一件事。他父亲是个读书人、书画家，在当地很有名气。当年父亲把那点微薄的工资都拿来买书了，而不是用来养家，所以蔡国强的奶奶一直以来对他很生气。蔡父藏书甚多，但后来遭遇“文革”，不得不焚书，蔡国强帮着烧，烧了三天三夜。这很可能冥冥中引发了他对焰火艺术的着迷，那种说不清道不明的复杂情绪，延伸到了对释放焰火的热情中。纪录片《天梯》“也揭露了他壮观艺术背后的另一个真实——内心的脆弱、挣扎、妥协，和对家人、故乡、祖国土地深厚内敛的家国情怀”，这个介绍很准确。

蔡国强的少年时代是一个仰望星空便可见满天星斗的时代。外太空、外星人的意象从小根植于蔡国强的心中，由此有了他后来的代表作《为外星人作的计划》系列。从 1989 年开始创作实施的这个系列，属于大型的爆炸计划，是“火药的狂欢”，目的是为了向宇宙发出信号，让外星人看见地球上的艺术作品。蔡国强说：“《为外星人作的计划》相对统一了我少年时代以来形成的宇宙观和性格。第一，它统一了我对空间及时间的观念，这两者是一体的。因为爆炸的瞬间既是空间的，也是时间的。第二，它也让我这个本不是安分守己待在展厅内的艺术家，可以在建筑上、大地上，进入居民小区，与不同的社会主题、历史主题发生关系。”

《为外星人作的计划》系列中的一个杰作是《万里长城延长一万米：为外星人作的计划第十号》（1993）。1993 年，旅居日本的蔡国强回到中国，在嘉峪关实施了这个爆炸作品《万里长城延长一万米》。在长城的终止处，在戈壁荒漠上，一路向西，蔡国强和他的团队安置了一万米的火药和导火线。黄昏时刻，蔡国强点燃引线，一条硝烟和火光构建的墙，延绵横跨辽阔的沙漠，整个爆炸恢宏地持续了十分钟。是的，这个作品不是让站在地球上的人看的，而是做给太空中的眼睛看的。

《再建柏林墙：为外星人作的计划第七号》（1989）是另一个著名的

作品。1989年柏林墙推倒时，蔡国强就有了“重建”它的设想。“这计划分为两部分，一部分是重新在柏林墙旧址上炸出一座硝烟和火焰的墙，表现人类不断在造墙。另一部分是把这一瞬间通过卫星向宇宙不同的方向转播，向外星人传达出我们人类又在造墙这一信息。”万里长城是人造墙，柏林墙也是人造墙。蔡国强曾说，作品首先就是要表现人类就爱造墙的理念，其次在祖先造墙的终点又把它延长。

纪录片《天梯》里展示了《万里长城延长一万米》，但没有展示《再建柏林墙》，倒是展示了另一个作品《撞墙》，让人过目不忘。那是在上海当代艺术博物馆，在蔡国强个展《九级浪》中的一个大型装置艺术作品——不是烟火炸出来的，99只仿真的狼，成群结队、前赴后继地撞向前面一堵透明的玻璃墙。玻璃墙的高度和柏林墙的高度一样。99只狼，以英雄主义和集体主义的精神，循环不断地撞墙；那种静中之动，令人震撼。

与《万里长城延长一万米》在大地上延伸不同，蔡国强的另一个作品《天梯》是向天上的延伸，是给外星人看的，更是给地球人看的。这是蔡国强艺术创作的一个里程碑式的作品。对《天梯》的创作和完成的记录，成为整个纪录片的高潮部分。《天梯》是蔡国强的艺术梦想，也是他的情感纽带。他回到家乡，他回到本源。这是“宁愿用这一生等你发现，我一直在你身边，从未走远”，这是“愿你出走半生，归来仍是少年”，这是“回首向来萧瑟处，归去，也无风雨也无晴”。在泉州小渔村惠屿岛上，蔡国强完成了这个空前的作品，他把它献给自己一百岁的奶奶。这是奶奶的“天梯”，“天梯连接着地球和宇宙，连接着现实与无限，连接着自己与故乡……”

时光进入2015夏，经过蔡国强和他的百人团队长时间的努力和付出，在6月15日凌晨4点45分，蔡国强终于点燃了这架直入云霄的“天梯”。“天梯”长500米、宽5.5米，梯子两侧由钢丝绳制作，横杠由铝合金做成，里面装有火药。把“天梯”架上天，主要靠一个直径达25米的巨大气球。气球由特殊材料制成，造价不菲，升空那夜，一直在向里头充气，充满了密度远小于空气的不可燃气体——氦气，总共使用38箱，总重达1.5吨。纪录片中有一个镜头是，在制作过程中，蔡国强钻进了气球，四仰八叉地躺在弧形球面上，那是即将实现梦想前的欣慰期待。黎明到来前，蔡国强点燃导火索，火焰燃烧爬升，烧出了这架人类史上空前的火焰之梯，前后时间只有短短的80秒——80秒钟上天堂！艺术的天梯，瞬间即永恒。

“阿嬷，漂亮吗？你孙子就是这样厉害！”蔡国强用手机与百岁的奶奶视频连线——放个最厉害的“焰火”给奶奶看，这是绵延了21年的心愿！作品完成，梦想实现，蔡国强哭了，他的妻子也哭了。艺术是让你动容的东西，拥有感情和情怀的艺术才是真正的艺术。“山中常有千年树，世上难逢百岁人”，一个月后，蔡国强的奶奶陈爱柑辞世。

“这是我心中的梯子，无限高远又亲近，永远和宇宙对话的梯子。”80秒的《天梯》视频，在Facebook社交网站上发布48小时后，就有超过3,400万人点击观赏，超过74万次转发。当“天梯”在天地间矗立时，无论在现场还是不在现场的见证者，无不为之动容，仿佛见到了神迹。

艺术的“天梯”来源于生活，成就于创造，成功于执着。蔡国强是一个具有宇宙感觉的大艺术家，一个真诚地对待艺术创作的人。他把他的思想和情感，从艺术美学的角度，切入世界的原初和根本，熔铸于敬畏和热爱之中。

焰火的艺术，蔡国强的一生。一个人一辈子做好一件事就了不得了，对于艺术家来说尤其如此；“向火焰找灵魂”的蔡国强，把他的这一件事做到了世界最顶尖，这就是了不得、不得了。

电影大师阿巴斯的杭州之恋

因为罹患癌症，伊朗著名导演阿巴斯·基阿鲁斯达米（Abbas Kiarostami）于2016年7月4日不幸去世，享年76岁。阿巴斯曾先后4次来到中国，为他的下一部电影做准备，这部电影名叫《杭州之恋》，原定4月来中国开机，可是他在3月查出癌症，电影不得不暂时搁置；到了5月，阿巴斯出院了，他期待能快速康复并继续推进这部影片的拍摄。然而，踌躇满志、精力充沛、充满能量的他，最终还是不幸被死神带走。

作为当今影坛大师，阿巴斯一生执导过38部影片，他的作品中融合了记录和虚构两种风格，镜头始终在真实与虚幻间摇摆；他凭借《樱桃的滋味》，曾获得戛纳国际电影节金棕榈奖。在这部关于死亡和救赎的电影中，阿巴斯讲述了一个面色疲惫的中年男人巴迪，厌倦了生命，准备自杀的故事。巴迪选择在一棵樱桃树下，挖了一个可以埋葬他尸体的坑，然后开着车在德黑兰郊外转悠，寻找一个能在他死后帮忙掩埋尸体的好心人。他分别遇到了阿富汗人、库尔德人、土耳其人、囚犯、士兵、神学院的学生和博物馆的工作人员。但他们统统拒绝了他，有的因为恐惧，有的出于宗教顾忌，有的基于人道主义考虑……到最后，巴迪没有死成。晚上，在茫茫夜空下，他独自躺在大伞一样的樱桃树下，仰望浩渺的苍穹，渐渐露出了平静的微笑。

2014年阿巴斯曾在美国雪城大学说过，《樱桃的滋味》是唯一一部他拍完以后就再也没看过的电影，电影在伊朗被禁映，对此阿巴斯说："实际上，这部电影是建议人们活下去。"

年逾七旬的阿巴斯在国际合作方面不断探索，除了《原样复制》与法国女演员朱丽叶·比诺什合作，还有《如沐爱河》在日本东京拍摄，启用了全日本演员的班底。法国电影大师让·吕克·戈达尔对他推崇备至，曾说过一句业内名言："电影始于格里菲斯，止于阿巴斯。"阿巴斯本人就是个大帅哥，极富明星气质；他安静、优雅、谦虚、细心、口齿伶俐又幽默，极具绅士风度；他平素喜欢戴着有色眼镜，透过镜片，目光深邃而睿智。留给中国记者印象极深的是阿巴斯的幽默逗趣。比如他会瞪大眼睛看着记者的牛仔裤，夸张地问："你的裤子为什么破成这样，上面全是洞？"他会假装问记者的年纪，然后故意加上20岁，吃惊地说："我还以为你已经40多岁了！"喜欢戴墨镜的他，还会调侃记者的眼镜："你上次戴的那副眼镜，比装千岛湖鱼头的盘子还大。"

阿巴斯原本是要把《杭州之恋》作为他的最后一部电影的。最初，阿巴斯是受中国中央电视台之邀，来拍摄一部以杭州为背景、展示杭州文化风情的微电影；但随着来中国、来杭州次数的增多，他真的在这里找到了创作的灵感。为筹备《杭州之恋》，阿巴斯4次来华，剧本也已完成，电影讲述一个伊朗女学生在杭州的一段经历。业内人士说，"他的电影剧情很难去概述，还是非常内心化和诗意的。"中方制片人曾推荐汤唯和桂纶镁在影片中出演，阿巴斯则在北京接洽过陈道明、李立群等演员。在第70届庆典到来之际，戛纳电影节也早早"预订"了《杭州之恋》。杭州是"人间天堂"，可是想不到，阿巴斯抛下摄影机，放弃了真实与虚幻，走向了真正的天堂。

阿巴斯与杭州，那是情深缘也深。原因就在“杭州恰如一部历史人文的经典藏书，有着千年古都的独特韵味、东方文化的别样精彩”。在杭州勘景期间，阿巴斯的目光爱抚过西湖，扫描过市井里巷，他特别喜欢运河旁边的一条街——小河直街，几乎每次来都要去，先后去了四五次，他觉得那里既有杭州老百姓的生活，也有南方特有的市井感觉；还有上天竺法喜寺，他说那些弯弯曲曲的回廊很适合拍电影。他走遍了吴山夜市、西溪湿地、北山路、相当漂亮的中国美院象山校区、充满市井味的馒头山居民社区……“我不是来旅游的，我想去杭州市民生活的地方。”每天一大早他就起来，拿着 DV 到处拍摄，记录素材。

在杭州走访了不少地方之后，阿巴斯发现这里的故事太丰富了，这座陌生城市给了他全新的体验，他说：“一个不认识的人，一个不认识的城市，杭州的外部环境与当地居民都吸引着我，就像是刚从飞机上下来一样新鲜。”还有，他一下子就彻底爱上了杭州美食，不仅爱千岛湖鱼头，还爱葱包烩、炒二冬、地衣、松鼠鳜鱼……这些与中国民俗文化有关的名菜他都爱，倒是菜名让同行的翻译感到“无从下口”。

不仅对特别的景致、特别的美食有着特别浓厚的兴趣，阿巴斯还特别关注特别的人。他第一次来杭州，住在杭州洲际酒店，遇到酒店的一位保洁员——来自农村的一位妇女，直觉告诉他这个人有故事，他立刻决定拍她的纪录片。这位保洁员大姐名叫吴虞惠，她心地淳朴善良，同时又内心丰富、矛盾复杂；而她“天生就是一个演员”，不惧怕镜头。阿巴斯取消了原定要去拱墅区看“丝绸是怎么织出来的”的行程，一路去跟拍这位保洁员回家……这种创作激情，是源自人对本心的发现。

阿巴斯曾说，近年他发现，女性是比男性更漂亮的生物，她们美丽而复杂。阿巴斯要拍一个“美丽与复杂的综合体”，是吴大姐入选的原因之一，而直接动因是一个“美丽的细节”：“当时我在伊朗，出发之前，把衣服放在洗衣机里洗，洗完才发现烘干功能坏了。由于时间紧急，我只好把湿的衣服带来了杭州。当我把湿衣服晾在酒店房间时，吴大姐看到后，以为是我手洗了衣服。她表示这是她的职责，应该由她来洗。当时我觉得她表现出来的，不仅是服务员对客人的感情，更有人性的关怀……”吴大姐是“新杭州人”，老家在湖南湘潭县花石镇，她还真是有着“杭州之恋”：“我很喜欢杭州。因为听别人说杭州很漂亮，我就来杭州打工了，这样可以一边赚钱一边游览杭州……”

现实是一部没有拍竣的电影。《杭州之恋》就是阿巴斯的杭州之恋。未能完成《杭州之恋》成了一个巨大的遗憾。杭州将记住《杭州之恋》的阿巴斯，愿阿巴斯在天堂安息！

叶嘉莹：1,857 万元的宁静与 94 岁的心境

能够被称为先生的女士，已然越来越少了。叶嘉莹先生是一位。

2018 年年中，94 岁的叶嘉莹先生宣布，将自己的所有财产捐赠给南开大学，用于设立“迦陵基金”，以支持中国传统文化研究。初期捐赠为 1,857 万元。尽管叶先生要求低调再低调，本来应该是“这里的黎明静悄悄”，但是捐赠的消息还是在网上传开了。

这 1,857 万元，主要是叶嘉莹先生卖掉她在京津的两处房产所得：天津的房产价值 380 万，是她回国任教后所购置；北京的房产价值 1,080 万元，是当年的四合院被拆迁后分到的回迁房。叶嘉莹先生爱清静，便全权委托南开大学教育基金会卖房；她已把毕生奉献给了中华古典诗词，自此又将毕生所得全部捐献给了南开。

叶嘉莹先生是著名的古典诗词研究学者，被誉为词学宗师；是南开大学中华古典文化研究所所长、中央文史研究馆馆员、加拿大皇家学会院士；是大师级巨匠顾随先生的高足，被称为中国古典文化的“传灯人”、中国最后一位“穿裙子的士”。

我手头有北京大学出版社出版的《迦陵讲演集》（套装共7册，2015年5月第1版）和《迦陵著作集》（套装共8册，2014年11月第2版），前者是叶嘉莹先生从教七十余年来在世界各地的讲词总汇，后者是叶嘉莹先生亲自选定的著作合集。我是20世纪80年代读的大学，读的是中文系，那时没有任何一个老师在课内课外任何时候提到过顾随、提到过叶嘉莹，想想当真是落后，或许也是时代使然。《迦陵讲演集》是根据叶嘉莹先生从教七十余年来在世界各地演讲之录音整理出来的讲稿，如一部娓娓道来的完整的词史，不知不觉地将读者带入诗词优美的境界。词本来只是在歌酒宴席上为娱乐而作的配乐歌词，多幽约怨悱，在宋代形成了不亚于唐诗的辉煌。《迦陵著作集》则收入了叶嘉莹先生的首本诗学著作《杜甫秋兴八首集说》、探讨王国维治学途径转变的《王国维及其文学研究》、作为台北"中研院"词学主题研究计划成果之一的《清词丛论》，以及汇集作者的散文、信函、序言、铭文等文字的《迦陵杂文集》等。

"我们从乱离之中走过来很不容易。我希望所有的人，珍重你们自己，珍重你们自己的希望，珍重你们自己的理想。不要迷失掉自己。"叶先生曾说，"我们应该有一种美好的、向前的、向上的、向善的持守。"这就是人格魅力、内在情怀。情怀决定高度。没有一样东西比情怀更重要，你心中持守了什么，你的情怀就是什么。

也在最近，西班牙传来一则消息：偷逃税款的著名球星C罗与西班牙税务部门达成协议，前者将赔付1,900万欧元税款了事。这边的近1,900万人民币是捐出来的，而那边的1,900万欧元则是"逼"出来的，这就是人生境界的大不同。叶嘉莹先生天性中有一种细微深挚的关怀，那种基因里的、骨子里的爱与大爱，恰是许多人所不具备的，那么后天的环境熏陶就很重要了。一个人如果到了一大把年纪，还没有意识、没有能力、没有动力去做慈善做公益，那才真正证明人生很失败；试想，如果两个过了“五十而知天命”岁数的同龄人，一个仍忙于赚钱抓收入，一个已投身公益事业，两者人生的差距是如何之巨大啊！

叶嘉莹先生曾以“出世”“入世”两个维度谈幸福，听来颇有意味：“我常以为，人如果能够在入世法与出世法之中，任择其一而固执之，都不失为一种可羡的幸福。如不可能，次焉者虽徘徊于入世与出世的歧途之上，时而入世，时而出世，此一件事入世，彼一件事出世，而却不但没有矛盾抵牾之苦，反有因缘际会之乐，这也不失为获得幸福之一道。再次焉者，则徘徊于入世与出世的歧途之上，想要入世，而偏怀着出世的高超的向往；想要出世，而偏怀着入世的深厚的感情，这已经无异于自讨苦吃了。而更次焉者，则怀着出世的向往，又深知此一境界之终不可得；抱有入世的深情，而又对此芸芸碌碌之人生深怀厌倦，不但自哀，更复哀人，这一种人该是最不幸的一种人了。”

莲华凋处孕莲蓬，千春犹待发华滋。如今已94岁高龄的叶嘉莹先生，快要两倍于“五十而知天命”的岁数了；捐赠千万元，无论是以出世还是以入世的维度观之，都是大写的幸福。

叶嘉莹先生的人生阅历非常丰富：1924年7月她出生于北京的一个书香世家，1941年考入辅仁大学国文系，师从古典诗词名家顾随教授；1945年毕业后开始了教学生涯，才华横溢，深受学生爱戴；1948年她结婚后随丈夫迁居台湾，初至中学任教，后成为台湾大学专职教授；1966年被派往美国讲学，曾任哈佛大学客座教授，后任加拿大不列颠哥伦比亚大学终身教授；1979年得到中国教育部批准，开始自费回国讲学，先是利用假期到北京大学教书，后来受南开大学之邀到南开任教，由此与南开大学结下了深深情缘；1989年她在加拿大正式退休后，把精力都付给了中国的古典诗词的教育事业，“白昼谈诗夜讲词，诸生与我共成痴”。

与这样的“顺境叙述”形成鲜明对比的，是叶嘉莹先生人生履历中的艰难坎坷：1941年的秋天，她刚刚考入辅仁大学，母亲就因病去世了；

迁徙至台湾后，丈夫赵钟荪遭遇白色恐怖，入狱 3 年；移居加拿大后，1976 年在多伦多的大女儿和女婿在出行途中不幸遭遇车祸双双罹难……“拼将眼泪双双落，换取心花瓣瓣开”，研学古典诗词的叶嘉莹先生，最知兴衰代谢、苦难忧患，因此“心灵不死”，从而完美实现顾随先生所言之“以无生的觉悟做有生的事业，以悲观之心情过乐观之生活”。

“若有诗书藏在心，岁月从不败美人。”在承受、忍耐、牺牲之中，“一个人只有在超越了小我生命的狭隘无常以后，才能使自己的目光投向更广大更恒久的向往和追求”——这，就是叶嘉莹先生今天的心灵境界。

陈忠实：一部，哪怕只有一部！

2016 年 4 月 29 日，“著名作家、《白鹿原》作者陈忠实病逝”的消息一出，瞬间就刷了屏。一位圈友立刻画了一页漫画《斯人已乘白鹿去》。我感觉好像刚刚看过陈忠实在镜头前谈《白鹿原》和《白鹿原》电影，谈他喜爱的田小娥，尽管有些苍老，脸上尽是黄土高坡的沟沟壑壑，但没有觉得他是拖病之身，怎么说走就走了呢！

“今晨 7:40 左右，著名作家、茅盾文学奖获得者陈忠实，因病在西安西京医院去世，享年 73 岁。”这是路遥之后，文学陕军又失去的一位大家。现在只剩贾平凹了，贾平凹先生身体也不是很好。我总觉得西北土地贫瘠，让这一代作家吃了太多的苦，没能把身体养护好，只留下精神的富有。不说让作家富养，至少把稿酬提高一点，把医疗条件改善一下，那总是可以的，有好的医疗待遇，身子骨总会养得好一点。

写长篇，那是呕心沥血的活，一部长篇完成，半条老命拿走。路遥是“早晨从中午开始”，熬夜可没那么好玩。陈忠实则是老实忠实地爬格子，在一张矮矮的小圆桌上完成了《白鹿原》的写作，坐的木椅子也矮小简陋得可怜。然而，世界文学史上的伟大作品，大多不是在舒适华贵的书桌上创作出来的！“我的不足十平方米的小屋，是一个想象中的世界。我进入这个世界里，就把现实世界的一切忘记了，一切都不复存在，四季不分，宠辱皆忘了。我和我的世界里的人物在一起，追踪他们的脚步，倾听他们的诉说，分享他们的欢乐……”长达50万字的小说，历时6年艰辛创作，看看手稿就知道，陈忠实写得可认真了，字也漂亮。

1992年，那是一个春天，《白鹿原》画上最后一个句号。《当代》杂志和人民文学出版社派出编辑，到西安来取稿。陈忠实把一大包沉甸甸的稿子交到他们手里，有一句话突然涌到嘴边：“我连生命都交给你们了。”但最后关头还是压到喉咙底下没有说出来，憋得几乎涌出眼泪。《白鹿原》一出版，倒是让盗印商赚了一把，当年我在山城工作，就买不到正版的，从报摊上买来的是盗版货。

作家从来都是靠作品说话。然而，作品是形象大于思维，各人会有各人的看法，尽管不是一千个人心中就有一千个白鹿原。当年有读者批评《白鹿原》，说小说一开始白嘉轩就干倒了那么多个女人——这批评的话让我至今印象深刻。最麻烦的是，茅盾文学奖对《白鹿原》的评奖折腾得很，最后竟然不是授予原版的，而是有条件地授予修订版。

第四届茅盾文学奖在1995年启动，《白鹿原》一开始并未进入候选之列。评委会后来致电陈忠实，要求他修订作品，修订意见主要有两条：一是书中关于政治斗争的若干描写，可能引起误解，应以适当方式予以廓清；二是一些较直露的性描写，与思想主题无关，应加以修改。陈忠实于是作出了让步与妥协，将《白鹿原》删改了两三千字，并于1997年11月底把修订稿寄到了人民文学出版社，12月推出了修订本，12月7日第四届茅奖揭晓，《白鹿原》终于获奖。

《白鹿原》获奖时，陈忠实说过的一句话后来很有名：“我就是想给自己造出一部死时可以垫棺作枕的书。”《白鹿原》以陕西关中地区白鹿原上白鹿村为缩影，讲述白姓和鹿姓两大家族祖孙三代的恩怨纷争，表现了从清朝末年到二十世纪七八十年代长达半个多世纪的历史变迁，被认为是“一部渭河平原50年变迁的雄奇史诗，一轴中国农村斑斓多彩、触目惊心的长幅画卷”。所谓史诗，一定是重大的叙事、庄严的文本，一定是历史的真实再现，一定在未来有回响共鸣。当下的作家，显然已经没什么人能再写出宏大的史诗了，能把小诗写好也就不错了。

白鹿原，西风烈，那可不是“静静的顿河”。那是陈忠实“我家屋后的白鹿原”。陈忠实回顾创作历程时说：“我第一次把目光投向白鹿原，预感到这原上有不尽的蕴藏值得去追寻。我在这个原上追寻了两年多。我曾经深切地感知到，穿透这道太过沉重的原的软弱和平庸，深知这会直接制约体验的深浅，更会制约至关重要的独特体验的发生。”

这种体验，就是陈忠实所说的“从生活体验进入生命体验”：如同蚕茧里的“蚕蛹”羽化成“飞蛾”，其中最为关键的是心灵和思想的自由，有了心灵和思想的自由，“蚕蛹”才能羽化成“飞蛾”。陈忠实说，一个人撑着一道原，一道原具象为一个人，白鹿原就是白嘉轩，白嘉轩就是白鹿原。白嘉轩是《白鹿原》里的最后一位族长，但他不是今天我们熟知的“老炮儿”般的人物形象。他坚守着乡约所构建的心理结构和性格——乡约即北宋吕大钧所创的《蓝田吕氏乡约》，是中国史上第一部乡约，之后的乡约滥觞于此。白嘉轩面临着来自多种势力的挑战：“经济实力相当却违背乡约精神的鹿子霖，是潜在的对手；依着叛逆天性的黑娃和依着生理本能基本要求的小娥，是白嘉轩的内心绝对不能容忍的；对以新的思想自觉反叛的兆鹏和他的女儿白灵，他却徒叹奈何，这是他那种心理结构所决定的强势，唯一难以呈现自信的对手；他倚重的白孝文的彻底堕落彻底逸出，对他伤害最重，却撞不乱他的心理秩序……”

删繁就简与纷繁复杂，就这样交织在一起。这里的史诗性，让后来改编成电影时面临了很大的困难，不论导演王全安怎么努力，还是让看了电影的人感到表现不到位。我去影院观看电影，只感到张雨绮出演田小娥演得很迷人；张雨绮还真是凭借在《白鹿原》中的出色演出，后来获得了 2013 年北京大学生电影节最受大学生欢迎的女演员奖。

陈忠实的家乡在灞河之畔，灞河是黄河支流渭河的支流，他是灞陵乡蒋村小学教师出身。而他自己受教开蒙的时候，遇到了好的初中语文老师，写作的天赋渐渐显露出来。在灞河，他眺望顿河。在散文集《俯仰关中》里，他说，“我准确无误地记得，平生阅读的第一部外国文学作品，是肖洛霍夫的《静静的顿河》”。他的第一个文学引路人是赵树理，文学道路上的第二个导师是柳青。他早期的习作是黑暗中的摸索，“文革”后期的写作是戴着镣铐跳舞；他之后为了寻求艺术的突破，进行“蓄意”的阅读，与世界现当代杰出文学“接轨”……契诃夫说，“大狗小狗都要叫，就按上帝给它的嗓子叫好了”。扎根于关中大地的陈忠实，就是按上帝给他的嗓子，“叫”出了自己的声音，永远回荡在中国文学的时空里。

一部，哪怕只有一部长篇。

感谢灞河，感谢白鹿原，感谢陈忠实。

陈忠实静静辞世，文学人默默怀念。

西风烈，长空雁叫霜晨月。霜晨月，马蹄声碎，喇叭声咽。

陆谷孙：学好外国语，做好中国人

“有涯之生的欣慰相逢，混蒙时代的粲然明灯”——77 岁的陆谷孙先生告别了人间。那是 2016 年 7 月 28 日，人们正在纪念唐山大地震 40 周年。

陆谷孙是浙江余姚人。他是全国政协委员，是复旦大学终身教授，是博士生导师，是著名翻译家，是莎士比亚研究专家，是《英汉大词典》的主编。陆谷孙这名字好，一看就能记牢。《英汉大词典》更好记，在知识界，如今不知道《英汉大词典》的人恐怕是不多的。

陆谷孙先生的身段很低，低到他自己喜欢、别人感到讶异的程度。这么一位著名的大家，他喜欢给本科生上课，还努力上得每堂课要“至少让学生笑三次”；他埋头批改学生的作业，密密麻麻的修改中饱含心血，他批改过的作业本被许多学生当成珍品珍藏；一位勤杂工的孩子生病住院，他二话不说拿出 1,000 元送到系里，一再叮嘱“一定要交给他”；他照常给人家当口语翻译，没觉得自己是陪在人家身后的“小兵”；他常常躲着大奖不去露脸，并且不怎么喜欢去当评委评审，名气越大之后越不喜欢出席各种风光的会议；他常写微博议论时弊，和网友探讨“萌”“小清新”“剩男剩女”之类的网络语怎么翻译最好，没想过自己是德高望重的终身教授；有记者来采访他之后，他给人家题的字竟然是“多几分书生之气”……

还有，他把自己看成是一个“厨子”，大有“上得了厅堂、下得了厨房”的意味。他不是说了吗：编词典就像做厨子，受不了做饭做菜的热气，就不要轻易进词典编纂的厨房。“你要是想惩罚谁，就让他去编词典吧。”这话是第一部《英语词典》的编者塞缪尔·约翰逊在其书大功告成时说的。编词典真是需要日复一日、年复一年、烦琐细碎的工作，恰如厨师反反复复切菜做菜。其实，编词典可是比厨师做菜要来得枯燥且漫长的啊，而且那是“遗憾的艺术”，是“无偿劳作，虽成无荣”，可是陆谷孙一做就是30年，半辈子都与词典为伴。《英汉大词典》的规模是词条20万，共5,000页，近2,000万字；它是联合国工作人员的必用工具书之一，被老外誉为“远东最好，也是世界范围内较好的双语词典之一”；钱钟书先生称赞它“细贴精微，罕可伦偶”，董桥先生拍着词典说“不可一日无此君”。

“中文都没读好，怎么读得好英文？”“学好外国语，做好中国人。”“在学好英语的同时，一定要把汉语作为维系民族精魂的纽带。”这些是陆谷孙教育学生时常说的话。陆谷孙自己平衡中外，方成大家；而他拿自己的人生感受、为学经验，教导学生，告诫他人。是为心声，还是初心。对于一个人而言，最爽是按自己的兴趣生活，最怕是听不到真理的啼声。陆谷孙先生讲的其实也只是常识，但恰恰就是常识无价。

国人学英语，有不少是为学而学，或者就是为应试而学，学得犹如“把果冻钉在墙上”。而且，越是没本事的人，自尊心往往就越强。陆谷孙先生本人恰恰向我们展示了什么叫学好了外国语、什么叫“一等一”好的中国人。

第二辑　文化化人

美在时间之外的文化传承

“非遗”文化，是美在时间之外的文化；“非遗”传承，是美在时间之外的文化传承。

超越时间，超越时代，超越时空，正是文化的魅力。非物质文化遗产，是能够把时间远远地抛在身后，能够忘掉时间的。

秋日，杭州，清河坊步行街与南宋御街交会处，南宋序集，一个独特的文化分享空间，15 个“非遗”技艺项目在这里展出。这是“南宋遗韵 · 禅语匠心——佛教文化与‘非遗’艺术展”。这里有长达 5 米的活字印刷《金刚经》，是目前木活字印刷最长的一卷；这里有远道而来的热贡艺术唐卡作品；这里有宫廷杭绣、杭州铜雕、天台山干漆夹苎技艺，还有灵隐腊八节习俗的内涵展示……我徜徉其间，流连忘返。

艺术贵有天真，灵气落于万物。工匠匠心，美在传承。匠心匠心，不是先匠后心，而是先心后匠。

2017 年的一个冬日，大型公益文化纪录片、筹备了三年的节目《百心百匠》，在湖南卫视和优酷网同步上线。《百心百匠》为中国 100 位民间匠人拍摄纪录片，这些匠人，是中国“非遗”文化的传承人中最优秀的代表。主创者是《新周刊》创始人孙冕，他被“非遗”精神、“非遗”内涵、“非遗”技艺、“非遗”之美所感动，是“掏出赤诚之心，向工匠精神致敬”。他说：“现在我四处化缘，但这事我要做八辈子。”2017 年 11 月下旬的第一周，播出的是古法造纸、古琴修复技艺。

“非遗”的保护本身要创新，传承也要创新，传播更要创新。《百心百匠》努力探索用“年轻人喜欢的方式”进行“非遗”文化传播。孙冕想出来的这个方式那是相当的好：让 100 位名人或明星分别去找这 100 位匠人拜师学艺，这些名人和明星中有李亚鹏、孙楠、柯蓝、李泉、老狼、吴晓波等；工匠和明星一起出镜，传统媒体和网络媒体同步播出。

传播离不开传承，传承离不开传播。新媒体传播的关键因素，就是内容 + 平台（介质和技术）+ 人才。由孙冕这样的融媒体领军人物来领衔，加上内容与表达方式的创新，再加上新媒体平台，《百心百匠》的受众多了很多。对“非遗”文化的保护和传承，《百心百匠》是一次创新推动。

其中一期讲了两张古琴的故事，让我无比感慨。“非遗”古琴匠人裴金宝，是吴门琴社社长，中国十大斫琴师之一；他弹琴、斫琴、修琴，技艺炉火纯青。修复一张古琴，往往要耗时两三个月，甚至长达一年；他不仅“以古修古”，而且都是免费的，因为能够深入古琴内部而见之，从中获得的远比金钱重要，这就是文化匠心。有一天，有人送来了一张古琴，在它背面刻着匠人的落款和制作的年份，是 447 年前的古琴，非常罕见；第二天，又有人送来了一张一模一样的琴，竟然是同一位制琴师在同一年同一月制作的另一张古琴。这两张琴，就是“双胞胎”，经历过那么多年的风风雨雨、人间沧桑，最后竟然在一位修琴师的家里重逢！

我们知道，古琴是中华文化中地位最崇高的乐器，有着 3,000 年的历史。2003 年 11 月 7 日，中国古琴艺术继昆曲之后，入选世界“人类口头和非物质遗产代表作”名录，这就是世界级的了。我们的浙派古琴，形成于南宋末年，现在也发展得生机勃勃；徐元白、马一浮、张大千等艺术家创建的“西湖月会”琴社，发展至今会员已达一百多人。

匠心传递，文脉相续。面对文化遗存，我们传承也好、传播也好，需要有一种“居下临高”的态度。向工匠精神致敬，向“非遗”文化致敬，就是一种“居下临高”的姿态、心态，而且应该成为一种势态、恒态。

文脉赓续和“非遗”新创

文化传承、文脉赓续。2017 年 9 月 17 日，欧洲遗产日，17,000 处文化遗产地对公众开放、26,000 项特别活动、50 个欧洲国家共同参与……平时不对公众开放、有钱都进不去的地方也在这天开放供游客参观，比如法国总统府、巴黎著名古建筑爱丽舍宫，它们也成为最热门的游客打卡地之一！这一天，中国驻法国大使馆也首次对公众开放了，那可是 1778 年始建的府邸。

“非遗”新创，薪尽火传。我国的非物质文化遗产是中华优秀传统文化的载体之一，“非遗”的概念已越来越深入人心。中国的“文化和自然遗产日”由“文化遗产日”更名演变而来，定在每年 6 月的第二个星期六。如今，我国已经成为世界级非物质文化遗产项目总数最多的国家。

浙江大地人文荟萃，孕育了众多的“非遗”瑰宝；在全国四级非物质文化遗产保护名录中，浙江省“非遗”数量位居全国各省之首，目前共有 10 项人类“非遗”项目、217 项国家级“非遗”项目、1,076 项省级“非遗”项目。据 2017 年 12 月 1 日浙江在线报道，作为保护“非遗”

作品的文化地标，浙江省非物质文化遗产馆已开始筹建，“非遗”藏品正在征集中，首批有26位“非遗”代表性传承人和工艺美术大师捐赠了38件精品。

这几年来，浙江以基地带动“非遗”保护、推动创新，迄今已公布33个省级“非遗”传承基地、131个省级“非遗”传承教学基地、20个省级民族传统节日保护基地、87个省级“非遗”旅游景区景点、50个省级“非遗”宣传展示基地、8所高校“非遗”研究基地。而“互联网+”为“非遗”保护和文化传播插上翅膀，被称为“网友在这头、‘非遗’在那头，万千网民与缤纷‘非遗’零距离、面对面”。

越来越多新创的作品，让人爱不释手。2017中国（杭州）工艺美术精品博览会，将于9月29日在杭州和平国际会展中心拉开大幕。本届工美展示包括陶、瓷、紫砂、玻璃、首饰、水晶、雕塑工艺、抽纱刺绣、纺织纤维、纸工、扇艺、伞艺、古典家居、民间工艺品等，百余位国家级、省级、市级工艺美术大师携近千件作品参展。除了杭州地区特色工艺外，省内的金华玉雕和剪纸、婺州窑、绍兴扇艺、青田石雕、义乌家具；省外的宜兴紫砂、景德镇瓷器，以及北京、福建、广东、中国香港以及韩国、尼泊尔等地的特色工艺作品都参与展出。这是我国工艺美术行业最高水平的艺术盛会之一，“非遗”是其中重要的传承和新创的内容。

从遗产到新创，是文化传承、发扬、光大的必由之路。杭州的中国工艺美术大师嵇锡贵，是中国陶瓷界泰斗级人物，是国家级非物质文化遗产越窑青瓷烧造技艺代表性传承人。“九秋风露越窑开，夺得千峰翠色来。”77岁的嵇锡贵，恰巧选出了77件作品，于2017年9月15日在浙江省博物馆（武林馆区）展出，为期一个月。这是名为“瓷韵风华——嵇锡贵陶瓷艺术精品展”的特展，囊括了嵇锡贵近30年来不同时期、不同风格的作品。这是她时隔30年后再办个展，30年来的这些新作，从艺术瓷到生活瓷到瓷板画，件件都精美绝伦。

或许，你一进场便会首先看到艺术一流的3套“生活瓷”，包括那套著名的“7501”用瓷的复原品，以及2016年G20杭州峰会上作为国宴用瓷的“国色天香”和“繁华盛世”。这些“生活瓷”，你若能收藏几件，那绝对是可以作为传家宝的，而且你肯定不会真的将它们作为“生活瓷”来使用的。“西湖元素、江南韵味、浙江特色、大国风度、世界大同”——青花斗彩“繁华盛世”，用到了22个国家的国花和世界各地的名花，比如日本樱花、韩国木槿花、俄罗斯向日葵、法国玫瑰、意大利小雏菊，一共有30多种花，映衬着美丽西湖。尤其让人不忍移目的是“国色天香”这套，可以说嵇大师已将“生活瓷”的陶瓷之美打造到了极致。

嵇锡贵制陶有两个“超一流”：瓷器形塑能力超一流、陶瓷绘画能力超一流。她早年毕业于江西景德镇陶瓷学院，陶瓷彩绘师承景德镇“珠山八友”老艺人，工笔国画师承中国美术学院邓白教授。“其作品善于继承传统，敢于突破成法，博采众长，不拘一格，在传统基础上推陈出新，古为今用。把中国画的人物、山水、花鸟的传统笔墨灵活地运用到陶瓷彩绘中来，能工能写，能简能繁，有韵有神，功力深厚，风格多样，作品精巧瑰丽，享誉陶瓷艺术界。”

她不断融入当代的技法和元素，老底子是基础，但传承绝不是因循守旧。“就拿越窑青瓷来说，东汉时就烧制出来了。但随着时间的推移，新的器型、纹样、技法不断出现，后人才能据此判断它属于哪朝哪代哪派。”她说，“要是现在做的东西还和千年以前一模一样，那会不会被看作是我们这个时代没有自己的思想，只会复制前人呢？到了21世纪，当然要融入属于我们这个时代的技法和元素。”传承是必然的，创新是必须的。她的许多创新杰作被中国工艺美术馆、中国国家博物馆、浙江省博物馆等收藏，而且还多次被作为国家礼品赠送外国领导及嘉宾。

瓷行天下，莫忘杭州，杭州有个嵇锡贵。嵇锡贵是杭州新时代陶瓷界的杰出代表，她的一家是陶艺之家，丈夫郭琳山也是著名的工艺美术大师，女儿郭艺也是工艺美术大师，在展出现场也有部分郭艺的作品展示。

随着时光的沉淀，嵇锡贵的作品在将来会越来越呈现出非凡价值。1975 年以“7501”为代号、秘密研制的专用瓷“梅竹”，她是主创者之一，每件 7501 的瓷器都经过她的手；出窑后完好的仅有 4,000 余件，精选千余件送往北京，剩下封存库房里的按令全部销毁，因种种原因只毁掉了小部分，多数有幸被“留着备用”，后来有一部分分发给了职工当福利，由此流入了收藏家之手，最初几块钱、三五十块钱一个被收购，如今已升值到几十万甚至几百万元一件。也幸好她当年将设计图纸拿来包书而留存了下来，而今才可以复制。

秋季，展览的黄金季节。杭州作为会展之都，具有不一般的文化展会吸纳力。2017 年 9 月 16 日，“国之瑰宝——青田石雕艺术展”在浙江赛丽美术馆启幕。地处杭州市江城路的赛丽美术馆，是著名越剧演员夏赛丽创办的公益性美术馆。这次是来自我家乡青田的展览，集结了青田石雕大师林如奎、倪东方、张爱廷、牛克思、周金甫、徐伟军、张爱光等人的精品力作共 200 余件。青田石雕也是国家非物质文化遗产；石雕之美，美不胜收，沉鱼落雁，倾国倾城。一件作品价值超过一栋别墅早已成为真真切切的现实，成为实实在在的美谈。

青田石雕也好，越窑瓷器也好，这些现在新创的作品，对于未来而言，也将会成为“遗存”，会越来越散发出文化瑰宝的璀璨光泽。

传世之心打造文化传世之作

一朝入画卷，一梦回千年。有一群浙大人，已经花费 13 年时间，投身一项重大文化工程，参与搜集 12,250 余幅传世名画，打造艺术界的“新四库全书”，铸就国画界的“新百科全书”。那是浙江大学、浙江省文物局编纂出版的“中国历代绘画大系”（以下简称“大系”）。其中已经完成、由浙江大学出版社出版的《先秦汉唐画全集》《宋画全集》《元画全集》《明画全集》《清画全集》五部断代集成，在第 25 届北京国际图书博览会上亮相，惊艳了世界。

这项文化工程，史无前例。“大系”让自先秦至清代的这一万多件中国古代经典画作纷纷“走”出博物馆，集中“走”进画册，走进公众的视野。“大系”属于“国字号”，被列入国家重大出版工程，中央财政给予了 7,000 多万元人民币的资金支持。“大系”是集研究、鉴赏、收藏于一体的系列画册，其印刷质量、图像精度，均是国内最顶尖的。其规模有多大呢，下面这些数字可带来直观感受：

“大系”拟编纂出版 62 卷，共 185 册左右；以楼房层高 3 米计，平置叠放有将近 4 层楼高；一个单本重约 10 公斤，185 册总重约有 1,850 公斤，也就是近 2 吨重！其研究整理出版的工作量实在太大，计划到 2020 年全部出齐。这一文化盛举，功在当代、泽被后世，可谓“功德无量”。

在这 12,250 余幅传世名画中，约有 3/4 在国内，另 1/4 收藏在国外博物馆。海内外诸多专家投身这项工程，13 年间他们走访了全球 250 多家文博机构。做研究需要“无问西东”的精神，拍照片则需要跑遍西东。不要说写出研究性的评价文字，仅仅是完成拍摄任务就要行万里路。以闻名于世的敦煌藏经洞绘画为例，许多珍品都保存在大英博物馆、俄罗斯艾尔米塔什博物馆等外国场馆，其中还有大量的残片从未公之于世。在艾尔米塔什博物馆的全力配合支持下，“大系”编纂团队先后花费一年多的时间，用最先进的设备将残片全部拍摄完成，从而最大程度上揭开被历史尘封的敦煌绘画之美。

这一大批文化传承者，拥有的是“传世之心”，他们孜孜矻矻、兢兢业业地打造着传世之作。这“传世”既是时间意义上的，又是空间意义上的——传之于世界。包括联合国教科文组织总部、美国国会图书馆、英国大英图书馆、法国国家图书馆等在内的诸多重要的国际文化机构，都已收藏了“中国历代绘画大系”。

速生的东西不一定都不好，但好东西却大都需要时间的沉淀；沉淀出来的结果，就是思想，就是文化。思想文化成就了国家的伟大，也成就了人的尊严。而文化的嵌入，是为一个人、一个地方、一个国家、一个民族营造灵魂。研究整理出版“中国历代绘画大系”，就是这样一次重要的文化嵌入。

千年墨香已然逝去，文化瑰宝展画重来。绘画的守护者，守护中国艺术的璀璨审美；文化的守望者，守望中国文化的真切认知。薪不尽，火又传！在遥远的未来的时光，我们的子孙后代，无论是谁，在博物馆、图书馆里见到这套“中国历代绘画大系”，一定会竖起大拇指，手动点赞！

动漫、孩子和想象力

动漫动漫，一动满世界都是快乐的春天。第十三届中国国际动漫节在杭城落下了帷幕，这届动漫节办节的宗旨是“动漫盛会·人民节日”，以“国际动漫·拥抱世界”为主题，设立了1个主会场和16个分会场，共吸引了82个国家和地区参与。巨大的数字让人瞪大眼睛：共有139.45万人次参加了动漫节各项活动；实际成交及达成签约交易、意向合作项目986项，涉及金额130多亿元……这些数字之外，我最感兴趣的，其实是这个数字：国际少儿漫画大赛设立了德国、加拿大、英国、马来西亚、日本、新加坡6个境外分赛区，共收到参赛作品4万余件，其中涉外作品4,100件，创历史新高。

动漫当然是老少咸宜的，而它对孩子的影响尤其巨大。动漫节上处处可见孩子快乐的身影。动漫无论是由大人还是由孩子创作的，都能极大地启迪孩子的思维智慧，动漫最能开启孩子们的想象力之门；而一旦孩子有了创作动漫的兴趣，那就是对创造力的极大培养。当今时代，在应试教育的大环境下，动漫还真是践行素质教育的良方。

恰好是在动漫节期间，我的一位朋友、一个小学生的母亲，在微信上说了这么个“小事”：休息日，孩子在家迷上了一本厚厚的书《妖怪大全》，大有手不释卷的意味，而作为母亲的她，提出严格要求——只允许阅读15分钟，然后做作业。我看完吃了一惊，作为过来人，我知道这位母亲这样的做法不对头，那一堆带回家要做的书面作业，实际上几无意义；老师最应该布置的课外作业，是让家长带孩子去动漫节；即使老师没有布置这个作业，那么家长也应该布置，因为这才是真正的“家庭作业”。

一大堆的课外书面作业有那么神圣吗？毫无疑问，没有。去看动漫节，或者在家看《妖怪大全》，这个重要得多。《妖怪大全》是日本“鬼怪漫画之父”水木茂的名著，他倾尽一生，用细腻的绘画，为妖怪重新注入生命，创造出一个光怪陆离、亦真亦幻、神秘莫测的妖怪世界。全书共收录764种妖怪、112种神明，堪称“妖怪圣经”，中译本厚达近千页。他笔下的妖怪，是在查阅了大量的文献资料和古代绘画作品之后，结合自己的想法创造出来的；事实上谁都没有见过妖怪，可是水木茂有着超凡的想象力，每幅妖怪漫画都画得极具个性。书中每页上半部分是妖怪漫画，下半部分是简明扼要的文字，不仅吸引孩子，其实也非常吸引成人。此前在国际动画电影节上，水木茂获得“东京动画功劳奖”，因为他对动画产业、文化发展作出了巨大贡献。看水木茂的各种漫画，就是进入了一个想象力的世界。

孩子的想象力世界，因自由自在、无拘无束而产生。约束多了，想象必定少。明代思想家、哲学家王阳明，也是一个很厉害的教育家，他曾撕碎了一册书上的战国形势图，让得意门生、成年人冀元亨拿回家去拼起来；冀元亨面对地图，一夜不休不眠也无法复原；王阳明于是让书童拿去拼图，小伢儿书童很快就拼好了，他是按照战国形势图背面的作者画像来拼的，一举拼成。受到思维约束的成人，败在了无拘无束的孩子手下。

在诗歌的天空下

在诗歌的天空下，时光与你都很美。

赏中华诗词，承文化基因，忆最美杭州，助文化兴盛。2018 年 9 月 28 日，杭州学习节重头戏——杭州诗词大会圆满落幕。决赛上，经过飞花令、抢答题和风险题三轮比拼，郭精金、楼航、杜清雨三位“诗词达人”分获冠亚季军，他们由此成了“最佳杭州诗词文化大使”。

这是有关杭州的诗词文化大赛，通过挖掘优秀诗词文化的魅力，展示杭州深厚的传统文化底蕴，触摸人们心中最温暖的诗词记忆。诗词大会是一条精神文化纽带，把古诗、今人、杭州联结在一起。在决赛现场，担任点评嘉宾的是著名学者王立群先生和杭州知名出版人、浙江省诗词与楹联学会常务副会长尚佐文先生。中央电视台“中国诗词大会”冠军、杭州“外卖小哥”雷海为也前来为选手助阵。

安徽大学生郭精金连闯六关，夺得冠军。最后一锤定音的一道最高分“风险题”是：“请从下列成语中找出一句和杭州有关的诗词：九牛一毛、不孚众望、仰之弥高、千奇百怪、雾里看花。”“一望弥千里！”郭精金脱口而出！

这是苏轼《虞美人·有美堂赠述古》中的名句。“湖山信是东南美，一望弥千里。使君能得几回来？便使樽前醉倒、更徘徊。沙河塘里灯初上，水调谁家唱？夜阑风静欲归时，惟有一江明月、碧琉璃。”苏轼写杭州的湖山，高处着眼，远处着想，大处着墨，境界开阔，气派不凡；不仅写出月明水净的夜景，而且展示了作者一无杂虑的澄明心境。一年前，我在杭州南宋序集“云林公益书画作品义卖”活动中，买到潘金星先生所书《虞美人·有美堂赠述古》，十分喜爱。

杭州是诗词之城、诗歌之城。“我不知道世界上还有哪一个地方能像西湖这样，从古至今有那么多诗人为它写下了如此众多的经典之作。”这是中国作协副主席、著名诗人吉狄马加眼里的杭州西湖。历代吟咏西湖的诗词数不胜数，佳作迭出，从很早出版的畅销书《西湖诗词选》（王荣初选注，浙江文艺出版社出版），到西湖全书之一的《西湖诗词》（吴晶选编，杭州出版社出版），再到上下册的《西湖诗词曲选》（李子荣主编，杭州出版社出版），洋洋大观，美不胜收，成为西湖文化的重要组成部分。

今人写杭州、咏西湖，不大用古诗词的方式了，但现代诗有现代诗的晓畅舒适。杭州活跃着一大批优秀的诗人，生气勃勃。著名诗人黄亚洲先生，在国庆期间有一场朗诵会在浙江图书馆报告厅隆重举行，那就是“纪念改革开放四十周年黄亚洲诗歌专场朗诵会”。杭州举办的各种诗歌朗诵会可谓长年不断，这就是“满陇桂雨，满城诗香”。

有的业余诗人，“潜伏”挺深。近日方知，与我同为浙江杂文学会副会长的俞评先生，亦好写诗，大三时就在《飞天》“大学生诗苑”上发表诗歌处女作。其实我本人也是写诗起步的，20 世纪 80 年代初读大学，处女作也是发表在著名的《飞天》“大学生诗苑”上。今年初杭州大雪，我写了一组《西湖雪》的诗歌，杭州诗人孙昌建先生看了，说应该出个诗集。我果真行动起来，编就诗集《相思的卡片》，日前正式出版了。

一字一世界，一句一乾坤。诗杭州，亦应“一望弥千里”！

依然芳华的艺术之光

文化是需要忆往昔的。“携来百家曾游”，当然可以“忆往昔峥嵘岁月稠”。由杭州市文艺评论家协会主办的“中国老油画家作品学术展”，2018 年 4 月 7 日在吴山脚下的环球雅葵艺术中心开展，展出了一批早期的老油画作品。《杭 + 新闻》报道说，本次展出的初衷，是为了重温油画艺术在中国走过的艰辛而又不平凡的历程，唤起学术界和收藏界有识之士的保护和抢救意识，从而继承前人之艺术事业、开未来之创作道路。

看这些老一辈油画家的作品，那是依然芳华的艺术之光，不免感叹：还是过去的老画家画得好啊！这里有冯钢百、颜文樑、李超士、倪贻德、周碧初、关紫兰等人的作品，也有一些因年代久远而佚名的作品。正如画展前言里所说的：老一辈油画家们走过了筚路蓝缕、呕心沥血的艰辛历程，他们既是中国油画艺术发展的先驱者和探索者，也是中国油画艺术发展的开拓者与奠基者。

一些画框因年代久远而破旧，然而画作却能穿透时光，透出那艺术的沉静之气。今日的浮躁，在这些作品面前，自然在相形之下而消弭。

岁月留痕，你看见那过往的亲切平和，有情调又不负气，这是多么可贵的艺术体验。经得住时光淘洗的艺术，托举着文明的天空，划定了美好的边界。是的，这就是“不忘本来、借鉴外来、创造未来”的艺术文化。

杭州作为历史文化名城，文化艺术人才辈出。尤其值得一提的是杭州老一辈油画家李超士，他生于1894年，1912年赴法国勤工俭学，1919年毕业于巴黎国立美术学院，回国后曾任杭州艺专教授等职。留法学习绘画的学生中，李超士是最早的一批。他从事美术教育50余载，桃李遍天下，如吴冠中、李可染、赵无极、潘玉良等一大批著名画家都曾是他的学生。桃李遍天下者，不一定作品遍天下，所以在这次画展上能够一睹他的作品的风采，对于普通艺术爱好者来说，殊为难得。

文化是一个国家、一个民族的灵魂和旗帜。文化兴则国运兴，文化强则民族强。而文化是需要交流、需要展示的。通过这批老油画家的作品展示，可观杭城文渊之悠久、文脉之深广、文气之充沛。以心理学上的“启动效应”视之，通过文化会展，启动我们大脑中文化艺术的“思维符号”，这就是向着“美的历程”出发。这些日子，在杭州南宋官窑博物馆里，有一场“长安春——走进‘一带一路’中的大唐盛世”的展览，能让观众真切地触碰到盛唐文化的璀璨。那三个出土自洛阳古代城市遗址的废弃堆积坑中、完全能够以假乱真、但至今未知其用的“蛋形器”，成为观众眼中的尤物，成为大家嘴上的美谈。在我看来，文化贫穷才会真正限制一个人的想象力，而那“锵锵三蛋行”，带来了多少文化的想象力啊！

而一座城市的文化竞争力，则体现于文化名家之荟萃、文化氛围之浓郁、文化印记之鲜明、文化产业之发达、文化发展之先行、文化事业之繁荣。不仅仅是一座座图书馆属于天堂，一个个文化会展地，亦是一个个小天堂；这样的“天堂”多了，一个城市的文明高地就高了、文化竞争力就强了。透过这样一个个的文化展会的“芳华天堂”，我们把美丽杭城从“历史文化名城”实现为“从历史到现实的文化名城”。

文化的时空传承

过了腊八就是年。2019 年 1 月 13 日——也就是农历腊八节这一天，北京又添新的文化打卡地，由著名音乐人高晓松发起的“晓岛”图书馆对公众开放。这是一个全新的公共文化空间，这里一切阅读与体验都是免费的。这一天的杭城，数十家寺院、老字号药房、饭店茶馆等，累计免费派送腊八粥超过百万份；这一天杭州大剧院里的歌剧院场馆里座无虚席，来自上海音乐学院的著名古筝演奏家、教育家王蔚教授率领她的众多高徒举办古筝音乐会，人气爆棚掌声雷动……“腊八节”是文化，“年”是文化，“文化年”才是真正的年，已经进行和即将到来的各种文化活动，让“年文化”跳起了“盛装舞步”。

文化的盛装，需要时空的传承。传是传递，薪尽火要传；承是承接，学问、技艺、文化都需要传承继承。

空间意义上的传和承，在高晓松主持的公益图书馆中，体现得尤为鲜明：高晓松最先在北京主持设立了“杂书馆”，这个由他担任馆长的大型私立公益图书馆，是一所免费借阅图书的藏书楼，设有国学馆及新书馆，馆藏图书及纸质文献资料近百万册。随后，高晓松转战杭州，于2018年3月在良渚文化村的“大屋顶”文化中心设立了“晓书馆”，这是一个被书友赞为“美哭了”的公益图书馆。现如今，高晓松公益图书馆的接力棒又传回北京，开出了更具个性色彩的“晓岛”图书馆。

代际意义上的传和承，在古筝演奏家王蔚教授身上，体现得最为充分：王蔚来自浙江丽水，她在上海音乐学院从教30年，是当今中国最顶尖的古筝演奏家和教育家，浙江音乐学院的许多老师都是她的弟子；这场“蔚你而来·王蔚师生古筝音乐会”被称为中国最高水准的师徒古筝音乐会，难怪杭州大剧院的歌剧院场馆中三层座位全爆满。王蔚双筝演奏著名作曲家刘文金的经典作品《沧海赋》，艺术境界臻于炉火纯青之境界。古筝是中国汉民族传统乐器中的弹拨乐器，是独特而重要的民族乐器之一，它音色优美，音域宽广，演奏技巧丰富，具有极强的表现力，它比古琴更贴近群众，全中国如今拥有超过千万的古筝爱好者，可见其影响之大之深。王蔚从教30年，培养了一大批优秀的古筝演奏人才，先后有五十多名学生获得“中国音乐金钟奖”“文华艺术院校奖”等国内外重大专业奖项。

时间意义上的传和承，在腊八粥和腊八文化中，体现得最为深切：岁终之月称为“腊”，“腊者，接也”，寓新旧交替之意；从先秦起就有腊八节，如同古老的春节一样，是“三千年前就定好的节日”，传承至今。腊八粥以八方食物混合在一起熬制成粥，成为“大家饭”“大家粥”，其文化内核是感恩，从而使得腊八节变成了中国的感恩节，杭城派送超过百万份腊八粥，真当是一道美好的人文风景。

“腊月寒，清酒暖，无穷冷色待春还”，腊月里这些文化传承的新闻，让我听到了古筝的“天籁”、腊八的“人籁”、图书的“文籁”、文化的“地籁”，无论有声无声，皆为美音。

看见文化的力量

文化是前进之力，文化是城市之魂。一场场缤纷的文化活动，擦亮了城市的天空。

2017 年 8 月 22 日，一个以“看见文化的力量”命名的分享会，进行了网络视频同步直播，主持人是杭州电视台知名主持人杨莅。分享会由来自大陆、香港和台湾的知名企业家和文化人士参与，畅谈企业文化、城市文化和文化创新创作的感悟。对文化魅力的尊崇、对文化力量的敬畏，正是现代人内在素质的一种体现。

而在几天前的 8 月 18 日，在上海的龙华古寺，一场以“华枝春满，天心月圆”为题的《弘一大师法书集》首发式暨弘一经典书法原作展庄严举行。弘一大师是杭州著名的历史文化名人，是中国文化史上国宝级的人物。《弘一大师法书集》——是“法书集”不是“书法集”，分为两册，由上海书画出版社出版，许多精品都是第一次面世；书中共收有法书级作品 500 余件，其中包括龙华寺所藏的大师绝笔作品《悲欣交集》。

杭州正以一流状态建设一流城市，一流的城市需要一流的文化。历史赋予杭州这座文化名城丰沛而独特的文化底蕴、文化内涵。日前，杭州“南高峰塔”遗址野外考古暂告一段落，接下来将启动复原研究。南高峰塔是南宋杭州的地标建筑，当年塔上灯火通明，“半夜挂朝阳”，它也成了钱塘江上行船的灯塔。塔身已然湮没在历史的漫漫时光中，而塔基等遗存以及诸多文物被考古人员发现。历史文化遗产资源是先人给后人的馈赠，在今天是不可再生的资源，是宝贵的绿色的高等的资源。只有保护好这样的文化资源，才能增强城市竞争力，优化城市可持续发展能力，提升城市空间整体价值，提振城市的文化自信心。

文化是需要交流和融合的。这些日子，一场名为“盛世天子——清高宗乾隆皇帝特展”的文物展览，正在浙江省博物馆孤山馆区西湖美术馆展出。200余件珍贵展品，有168件来自北京故宫博物院，另有一部分来自浙江省博物馆等文化单位。“特展”是特别的交流，总是特别吸引人，我去看了两次，每次现场都是人头攒动。文化的吸引力，正是文化的力量之一。不必计较“盛世天子”的名称如何，主要去看难得一见的文物。事实上有些展品你去到北京故宫博物院恐怕也不一定看得到。透过这些展品，不仅可以“散点透视”乾隆时期政治、经济、文化、军事、艺术等多个领域，也可以一睹乾隆帝与江南千丝万缕的联系。六下江南的乾隆，与杭州有着深厚的渊源，其行宫遗址是今天孤山的中山公园，其所建的藏书楼“文澜阁”如今是浙江省博物馆的一部分。

文化之城一定是个学习型城市，学习型城市一定需要一个一流的、高品位高品质高人气的书展。毋庸讳言，这方面杭州还远远比不上上海。就在8月22日，为期一周的2017上海书展落下帷幕。500多家出版社来此参展，15万余种图书“集结”于此，900多场阅读文化活动在此举办，老艺术家六小龄童、中央电视台主持人董卿、新东方俞敏洪、知名媒体人杨澜等诸多知名作者嘉宾前来参加新书签售等活动……这是一场关于阅读的文化盛宴，有着超高的人气。全民阅读，书香满城，这是城市文化的一道绝佳风景。

杭州要成为一流的城市，就需要成为全国文化、文明的高地：有鲜明突出的文化形象，有浓郁芬芳的文化氛围，有丰沛多彩的文化活动，有创新发达的文化产业，有昌盛繁荣的文化事业，有美美与共的人文精神，有朝气蓬勃的文化创造活力……

“居下临高”看文化

中国杭州是著名的“会展之都”，意大利的博洛尼亚也是著名的“会展之城”。“博洛尼亚插画展暨50周年大师作品展”中国巡展，在这个秋天里首次抵达杭州，正在进行为期一个月的展出，孩子们和家长们无不欢呼雀跃。2017年11月4日星期六，展出的第一天，我就来到杭州创意设计中心，欣赏这些美到极致的插画。

博洛尼亚插画展创办于1967年，是全球最高水准的插画展，是著名的“博洛尼亚童书展”项目之一，被誉为“插画界的奥斯卡”，2016年首次进入中国，在北京等地巡展。这个插画展无论到哪里，“成千上万的参观者忘记疲惫，着了魔似的沉醉其中”。确是这样，我也流连忘返。

童书界的插画作品，有着童稚幻境，有着自然天真，有着爱的天堂，或者充满诗意，或者闪现灵动，还有许多则饱含悲悯而深沉的泪水，让人看到人性从不泯灭的极美之光。杰出的插画艺术，一定是老少咸宜的，不仅仅是小朋友爱看，大人也爱看；不仅仅是喜欢绘画的人爱看，但凡有点艺术细胞的人都爱看。

这次插画展，量多质高，因为“50 周年大师作品展”也搁在一块展出了——50 年 50 人 50 幅，这些涵盖了半个世纪的童书插画佳作，皆是经典；这些来自不同国家的艺术家，是各个国家的国宝。现场所售的《博洛尼亚插画奖 50 周年大师作品集 1967—2016》一书（博洛尼亚展览集团主编，外文出版社 2017 年 7 月第 1 版，定价 158 元）印制得非常精美，我也买了一本回家欣赏，刚好可以弥补在现场“看不够”的遗憾。这些获奖作品，具有经典感、典藏性，具有艺术感、权威性，翻开书页，随时就可以轻松自然地走进美丽而神秘的插画世界。

插画绘本，是孩子的第一间美术馆。“我们相信，不管是哪里的孩子，看到这些作品都会沉醉其中。”博洛尼亚展览集团总经理安东尼奥·布鲁索内这样说。此次的展出设计匠心独运，以儿童视角为第一视角，将每个镜框里的展画画心都定在 1.2 米高，这样可以让孩子享受观看的“第一特权”，真当是好。对于我这样的成年人来讲，看插画作品就得俯下身子，如果不俯下身子，那就是居高临下看作品，那就是一个奇怪的观赏角度。面对作品，面对艺术，面对文化，可以平视，但不能“居高临下”，而在很多时候，不妨“居下临高”。

我曾发过一组插画展的美丽照片，并标明了时间地点和门票价格，不承想，有网友跟帖说：“我对杭州收费的展览已经失望透顶。”这个直截了当的话把我惊到了。我本人就是买票进场的，并以原价买了那本作品集，相比于观展结束后我到旁边小店吃便餐晚饭花去的近 30 元钱，我没觉得 98 元的门票有多贵。像博洛尼亚插画展这样的纯粹艺术展，如果没有基本门票的支撑，它是无法来到你身边的。文化艺术，尤其是杰出的文化艺术作品，一定要有其价值体现、价值回报，否则的话如何可持续发展？到书店或购书网买一摞绘本童书，已然是家长的习惯，买时甚至不问价格，而到现场看一次插画的真迹，竟似乎须是“免费的午餐”才好。当你为“花展”“插花展”买票的时候，也应该想道：我该为“画展”“插画展”买票。

面对文化艺术作品，我们特别需要一种“居下临高”的态度。当经济发展到一定的程度，当文化艺术成了必需消费品，我们每位文化艺术的受益者，应该“居下临高”看文化——把钱举起来，带着尊敬的态度，以买单的方式去助力文化事业。以“居下临高”的姿态，向艺术家致敬，向文化艺术作品致敬，这才可能是“有文化”。

二十四节气的文化

“春雨惊春清谷天，夏满芒夏暑相连。秋处露秋寒霜降，冬雪雪冬小大寒。”幼时背诵过的《二十四节气歌》，朗朗上口，萦回心头。

2016 年 11 月 30 日，中国“二十四节气”被列入联合国教科文组织人类非物质文化遗产代表作名录；此时距离 2006 年其被列入我国首批国家级非物质文化遗产名录，已是整整十年。

二十四番花信风，“春天的花开秋天的风，以及冬天的落阳……风车在四季轮回的歌里，它天天地流转”，这就是我们的“光阴的故事”。两千多年前，智慧的中国古人就创立了这个历法——将太阳周年运动轨迹划分为 24 等份，每一等份为一个“节气”：立春、雨水、惊蛰、春分、清明、谷雨，立夏、小满、芒种、夏至、小暑、大暑，立秋、处暑、白露、秋分、寒露、霜降，立冬、小雪、大雪、冬至、小寒、大寒。一年一度二十四个时节与气候，在农耕时代用来指导农事，同时影响着千家万户的衣食住行。传承至今，已然成为文化，依然璀璨闪烁。

二十四节气始于春秋、确立于秦汉，与古埃及的历法惊人相似，是中国文明的独特贡献。在国际气象界，中国二十四节气这一时间认知体系，被誉为“中国的第五大发明”。它是理论的、文化的，它也是实践的、生活的。二十四节气有着丰富的内涵，关乎历法、天文、气象、物候与节令，延展到生活中，事关农历节日、农耕时序、民俗活动、民间宜忌、饮食养生等。我国的四大传统节日——清明节、端午节、中秋节、春节，都离不开时令的安排。二十四节气是典型的“人类非物质文化遗产”，符合这个概念中的每一个语词。

天地玄黄，宇宙洪荒。日月盈昃，辰宿列张。寒来暑往，秋收冬藏。“在传统社会那样一个以农立国的时代，先民在劳作中，渐渐明白时间的重要，一年之计在于春，一日之计在于晨。传统农民没有时间观念，尤其没有现代的时间意识，但他们不仅随着四季的歌喉作息，而且分辨得出一年中七十二种以上的物候迁移。农民借助于节气，将一年定格到耕种、施肥、灌溉、收割等农作物生长的循环体系之中，将时间和生产生活定格到人与天道相印相应乃至合一的状态。”学者余世存说，“生产生活有时，人生社会有节，人身人性有气，节气不仅自成时间坐标，也演化成气节，提醒人生百年，需要有精神有守有为。”从“节气”到“气节”，正是从文化到精神、从生活到品格的升华。

今人在时令生活方面与二十四节气依然很贴近，不仅仅是“明前茶”“雨前茶”，网络上、微信朋友圈里常常都有节气的提醒，美丽且美好；然而，在文化意涵方面却多少有些疏离，比如几乎年年都会遇到“夏至”“冬至”都被理解错了的事情。“夏至”是夏天的至极，不是夏天的到来；“冬至”是冬天的至极，不是冬天的到来。这个都弄错，古人若是见了，一定抿着嘴笑。

在文化文明中，我们要见天地、见众生、见自己。文明为核心，文化为表征，文教为动力，人文需要“根部滴灌”。让我们继续把自己融入太阳引领的大自然变化节律中，融入文明引领的人文文化传承发展中。

第三辑　阅历阅读

“40 年 40 本书”的文化滋养

为纪念改革开放 40 年，《新京报》开启了主题书选活动——“大民大国 ·40 年 40 本书”。如今已选出 100 本的决选书单，进行网络投票。

我观这 100 本书，大多是经过时间淘洗的经典之作。可以说，它们滋养了我们这一代人。比如美国著名学者阿尔温 · 托夫勒的《第三次浪潮》，1983 年由生活 · 读书 · 新知三联书店出版，当年我在读大学，第一时间接触这本翻译过来的书，就被惊到了。《第三次浪潮》在同学中掀起了阅读热潮。如今的编辑推荐语是：“在 1980 年对未来的预测和寓言，轰动世界，也指引了众多中国人。”

在杭州这个学习之城，相信有很多人，特别是完整经历过伟大的改革开放 40 年的人，读过这个书单中的不少作品。这份书单大致有个分类，前面部分就是文学、哲学、史学著作，公众都比较熟悉。在文学作品中，选入了余华的小说《活着》，推荐语是：“一部苦难之书，一部展现人类忍受苦难能力的书。”我读过余华的绝大多数作品，选这本薄薄的《活着》，正是“塔尖”之选。

然而，特别让我眼前一亮的是，书单中出现了小说《房思琪的初恋乐园》，这是100本书中最新的一本，出版于2018年。作者是台湾青年女作家林奕含，因抑郁症而自杀。推荐语是：“揭露性与暴力的残酷现实，引起社会对性侵的广泛关注。”这本书我曾向同事推荐过，我说作者绝对是一个文学感觉及语言表达方面罕见的天才。有人说林奕含是张爱玲第二，但我更喜欢林奕含。

为思想解放、改革开放助力的书，在这100本书中有不少，比如：弗里德里希·哈耶克的《通往奴役之路》，卡尔·波普尔的《开放社会及其敌人》，马克斯·韦伯的《新教伦理与资本主义精神》，乔治·奥威尔的《一九八四》，汉娜·阿伦特的《极权主义的起源》，索尔仁尼琴的《古拉格群岛》，汉密尔顿、杰伊、麦迪逊的《联邦党人文集》，托克维尔的《论美国的民主》，威廉·曼彻斯特的《光荣与梦想》，费尔南·布罗代尔的《15至18世纪的物质文明、经济和资本主义》，米尔顿·弗里德曼的《自由选择：个人声明》，路德维希·冯·米塞斯的《人的行为》，德隆·阿西莫格鲁和詹姆斯·A. 罗宾逊的《国家为什么会失败》，乔万尼·萨托利的《民主新论》，以赛亚·伯林的《自由论》，塞缪尔·亨廷顿的《文明的冲突与世界秩序的重建》，顾准的《顾准文集》，吴敬琏的《通向市场经济之路》，罗荣渠的《现代化新论：世界与中国的现代化进程》，张维迎的《企业的企业家——契约理论》，吴思的《潜规则：中国历史中的真实游戏》，刘瑜的《民主的细节：美国当代政治观察随笔》，以及杨绛的《干校六记》等。

《通往奴役之路》和《开放社会及其敌人》都属于中国社会科学出版社出版的西方现代思想丛书，这套书封面都是统一的风格，黄底绿绶带，简洁鲜明，给人极为深刻的印象。在当年的非网购时代，我把这套丛书买齐了，还真是费了不少工夫。

当然，这个主题书选也是一家之选。在浩如烟海的书林中，选择

100 本书是很艰难的事。我不太理解的是，选书的人为何偏爱“自杀”的主题，竟然有两本关于“自杀”的书入选，一本是法国爱米尔·杜尔凯姆的《自杀论》，一本是北京大学哲学系教授吴飞的《浮生取义：对华北某县自杀现象的文化解读》。尤其是选后者，理由似乎不太充足。

我想，既然以“大民大国”为名，那么如果选入美国记者彼得·海斯勒的中国三部曲之《寻路中国》，会是不错的选择。上海译文出版社自打出版这本书以来，已经不知道印了多少回了。海斯勒是“嗨死了”的海斯勒，美国优秀记者的一个梦想就是记者当着当着就变成了作家，彼得·海斯勒是变得最快最优秀的一个，至少是之一。

“阅读带来了审美上的愉悦，带来了观念上的更新，直接或间接地也影响了经济与社会的变革”，这是对的；《新京报·书评周刊》选书的标准是“公共立场、专业品格、独立思想、现实情怀”，而且倡导“阅读需要主张”，这也不错。需要注意的是，“主张”要更多地考虑公众利益，少一些个人偏好为好。

阅读是一个人的营养强化。这是文化的营养和滋养。我向来认为，阅读和阅历都很重要，但当今国民阅读率还是很不够的。知识知识有知才有识，学识学识有学才有识——知与学，都离不开最广泛的阅读。面对改革开放 40 年，你读过的好书多了，就对得起文化的历史了。

大辞典般的鲁迅

书真沉。

这是《鲁迅大辞典》。我是其第 1 版第 1 印次的 2,000 个拥有者之一。日前租了个地下室，改成书库，做了 36 个书柜，一股脑儿把居住在自家地板上的书搬下去，请上架，我从妻子手中拿回这本《鲁迅大辞典》（鲁迅大辞典编委会编著，人民文学出版社 2009 年 12 月第 1 版，精装本，定价 320.00 元），说，这个要放在案头或床边的。

是对先生的尊敬。

这是《鲁迅大辞典》，这是大辞典般的鲁迅。不看这本辞典，你真不知道鲁迅的渊博与广大。鲁迅是知者，更是智者；鲁迅是学者，更是学人。多少作家的书洋洋大观，却抵不上鲁迅一本薄薄的《野草》，更别提鲁迅其他的渊博所在了。

编这本《鲁迅大辞典》可不容易，前后历经 25 年，几经波折，终于由人民文学出版社出版。全书 360 万字，收词项 9,800 多条，被称为“是我国目前为止结构最为宏大、内容最为齐备的一部作家个人辞典，填补了出版史的空白”，应该算作鲁迅研究的重大成果。那些关乎中外古今人物、书籍、作品、报刊、社团、流派、机构、国家、民族、地名、历史事件、人文掌故以及鲁迅笔名等的词条，皆来自鲁迅著作，今人阅之，难免产生“鲁迅怎么这么渊博”的愕叹。

是的，“鲁迅是中国现代作家中当得起‘百科全书式人物’的唯一者”（北京大学教授孙玉石语）。我们成不了鲁迅，但从鲁迅那里汲取营养总是可以的。

鲁迅擅长创造新词并赋予其丰富含义，一个字的如“唵”“酱”，两个字的如“莲姐”“国骂”，三个字的如“柿油党”“文化山”，四个字的如“富家赘婿”“三明主义”，等等。“酱在无聊的纠纷中”，一个名词“酱”，被鲁迅先生用成动词，是“陷入”“纠缠”之意，鲜活而生动。《鲁迅大辞典》对这些新词活语，提供了权威的、详细的解释。

《鲁迅大辞典》当然也有遗憾。首先就是印数太少，第1次印刷才2,000本，真是太少了。由于书很厚大，内容庞杂，难免有细节出入，修订时当然要注意。有学者已予指瑕，我看到不久前有人在媒体上撰文，提出了许多不同的看法。比如其中说道：第598页，陈忱（约1613—？）字遐心，号雁宕山樵，乌程（今浙江吴兴）人，明末清初作家。明亡后绝意不仕。著有《读史随笔》《水浒后传》。该学者就指出，《读史随笔》非乌程陈忱著，而是秀水人陈忱（字用亶）的著作——这两位同名同姓，被混为一谈了。

由于该辞典的编撰者众多，有时候撰写某些条目时，确实不免“挂一漏万”，知其一不知其二。有学者指出，“三味书屋”一词的解释就过于简单、拘泥。释文说，原名“三余书屋”，后改“三余”为“三味”，典出宋代李淑《〈邯郸书目〉序》：“诗书，味之太羹，史为折俎，子为醯醢，是为书三味。”这是太过常规的解释。现实中，对“三余”和“三味”还有多种解释，比如周作人认为“三味”是“将经史子比食物，经是米谷，史是菜蔬，子是点心”。塾师寿镜吾说“三味”是指“布衣暖，菜根香，诗书滋味长”；寿镜吾的外孙范仲鋆则说，所谓的“三味”，大概是“孝悌”算一味，“四书”算一味，还有一味说不出来；寿镜吾的曾孙女寿纪芳认为，“三味”的原意已经体现在三味书屋的一副楹联中：“至乐无声唯孝悌，太羹有味是诗书。”……尽可能地将这些丰富多彩、摇曳多姿的解释、说法集纳进去，那多有意思。

鲁迅是博大的，鲁迅真是大辞典般的鲁迅。如今，我常常遗憾于自己所在的浙江已距离鲁迅先生越来越远。绍兴的鲁迅故里，也只是旅游之地，咸亨酒店比鲁迅故居还热闹。当代杂文在浙江并不繁茂，研究鲁迅大抵也只是鸡毛蒜皮。

鲁迅是“九牛”，我们能成为先生身上的“一毛”乎？

编在一起的散装子弹

——阿列克谢耶维奇作品阅读札记

凡是过去，皆为序章；序章已在，开启未来。2015 年 10 月 8 日，瑞典文学院宣布，将本年度诺贝尔文学奖授予白俄罗斯作家斯维特兰娜·阿列克谢耶维奇。问题是，阿列克谢耶维奇是一位女记者，她是以“口述实录”的新闻兼文学的模式，赢得了诺奖殊荣。她把沧海装进杯子，她把历史收进一页；她记录过去，她开启未来。

都说美国记者的崇高理想就是“写着写着变成了作家”，而白俄罗斯的阿列克谢耶维奇，则顺利地登上了这个理想之巅。此前，有一批陆续有过记者经历的作家获得了诺贝尔文学奖，超过了迄今获奖者总数 112 名的十分之一，比如：

1938 年的得奖者、美国作家赛珍珠，在中国生活了大半辈子，抗战期间曾做过编辑记者，主要任务是向美国民众宣介中国人民的抗日战争；作为政治家、世界反法西斯战争重要领导人的丘吉尔，在 1953 年得了文学奖而不是和平奖，这多少让一些正宗作家感到意外，其实丘吉尔的历史传记写得挺好的，这跟他早年做过若干年的记者不无关系；1954 年的得奖者海明威，公众最熟悉他的记者和作家的双重身份，他还获得过普利策奖；1957 年的得奖者加缪，曾多次在报社工作，不过主要是做编辑；1962 年的得奖者斯坦贝克，曾担任过《纽约时报》等报纸的记者，他的小说《愤怒的葡萄》首先也是获得了普利策文学奖；1965 年的得奖者肖洛霍夫，在卫国战争期间担任过《真理报》的军事记者；1982 年的得奖者马尔克斯，则有长时间的记者生涯，写报道只有现实没有魔幻；2010 年的得奖者是来自秘鲁的作家略萨，其职业跨度那可是从记者到总统候选人……当然，还有 2012 年诺贝尔文学奖获得者、中国作家莫言，他从部队转业后，成了《检察日报》的记者，做了 10 年媒体人。

看来，当记者还是大有前途的。不过，有过记者经历的这些作家，大多以纯文学作品而得奖；而阿列克谢耶维奇这位女记者的“口述实录”，是真正的纪实文学，没有任何虚拟虚构的地方。恰恰是最真实、最真切的实录，具备了最动人、最惊人的能量。正如诺贝尔文学奖授奖词所说的：“她的复调式书写，是对我们时代苦难和勇气的纪念。”

阿列克谢耶维奇 1948 年生于乌克兰，毕业于明斯克大学新闻学系，她做记者属于科班出身。在 40 多年的创作生涯中，她先后出版了《我是女兵，也是女人》（1983 年）、《我还是想你，妈妈》（1985 年）、《锌皮娃娃兵》（1989 年）、《被死亡诱惑的人们》（1993 年）、《我不知道该说什么，关于死亡还是爱情》（1997 年）、《二手时代》（2013 年）等作品，并创作了 21 部纪录片脚本和 3 部戏剧。她以独特的风格，通过这些作品，记录了第二次世界大战、阿富汗战争、苏联解体、切尔诺贝利事故等人类历史上的重大事件。她的作品在全球被翻译成 35 种语言，曾多次获奖，包括瑞典笔会奖（1996）、德国莱比锡图书奖（1998）、法国“世界见证人”奖（1999）、美国国家书评人奖（2005）、德国书业和平奖（2013）等。在 2013 年，她就曾获得诺贝尔文学奖提名，并入围最终决选名单，此次最终获奖，并不意外。

“复调式书写”，是对阿列克谢耶维奇写作手法极为准确的描述。对这种适用于采访纪实的结构方式，我通常称之为“扇形结构”，像一把打开的折扇，ABCDE……各部分之间的关系是均衡并立的。“复调”本身是一种音乐形态，由两段以上同时进行、相关而又有区别的声部组成；这些声部各自独立，而又和谐地统一为一个整体，彼此形成和声关系，协调地流动；对位法是其主要创作技法，以此造就前呼后应、此起彼伏的效果。与复调音乐相对应的是主调音乐，那是一条主旋律加和声衬托而成的。复调式书写，像一颗颗珍珠由一条彩线有机地串在一起，展开所构成的多声部音乐；而阿列克谢耶维奇的复调式写作，是一颗颗、无数多颗散装的子弹，被她编在了一起，形成了她的独特的子弹带，用她的最厉害的轻机枪密集发射出去，产生了极为惊人的终极效果。或许，那效果不亚于原子弹。

阿列克谢耶维奇的“每一颗子弹”，就是每一个亲历者的讲述。作为记者该有的耐心细致，在阿列克谢耶维奇身上得到了最充分的体现，我愿意用一串“成百上千”来形容：成百上千个采访对象的讲述，成百上千遍倾听，成百上千篇记录，成百上千盘录音带，成百上千份资料，成百上千次书写，成百上千种磨砺……这真是记者的身份和特质帮到了她。复调式写作，前提是复调式采访。我无法想象，一个本该安于书斋写作的象牙塔里的纯文学作家，会这样几年、几十年如一日地进行实地采访，会这样执着地面对一个个活生生的普通人，沉静耐心地听他们倾诉，把他们的情愫融为自己的情愫，把他们的情怀化为自己的情怀，把他们的苦难铸入自己的苦难……

早年间，阿列克谢耶维奇在做了几年记者后，出版了第一本作品集《那时我正要离开村庄》，这是她的处女作，她并不满意，“太记者”的文本，似乎不是她喜欢的，她在内心深处也期待着“写着写着由记者变成作家”。她努力摆脱记者写作烙印，尝试各种体裁，却似乎找不到更合适的记录方式，最后她选择回到原点：原原本本、老老实实地把小人物讲述的细节、情节、故事如实记录下来、梳理出来。采访是记者的，写作是作家的——这是最为完美的结合。

列夫·托尔斯泰曾说:“跟踪生活本身远远比对它进行臆造更加有趣。”口述实录的纪实文学、报告文学，在阿列克谢耶维奇这里，变成了“档案文学”“文献文学”。她的作品，一个突出特点，就是将普通人的小视角构成历史性的大视角。她的叙事风格极简，是片段性的写作。她不进行宏大叙事，她不去采写战争或事故中的英雄，而是面对一个个再普通不过的小人物。“每个人都有自己微小的个人的命运史。”在她的作品中，甚至没有中心人物。没有，真没有。她的“子弹带”中，每一颗子弹都是小的、平等的，里头没有突然出现一颗榴弹，没有，有了反而派不上用场。当然，你也可以分类看，有的是轻机枪的子弹，有的是重机枪的子弹，有的属于高射机枪的子弹。但不论如何，都是小的子弹，小人物的子弹。小人物的子弹集聚在一起，其实很厉害，犹如无数滴水滴构成滔滔洪流，犹如无数片雪花造就滚滚雪崩。

战争战争，孩子孩子，女人女人，人性人性……在残酷背景下，女人和孩子的视角，柔弱而深刻，最能让人们的心弦颤动。“中国还没有一部二战作品写得像阿列克谢耶维奇一样公允和深刻。”《我是女兵，也是女人》一书的中文翻译者、凤凰卫视资讯台执行总编辑吕宁思这样说。读阿列克谢耶维奇，一定要先读《我是女兵，也是女人》和《我还是想你，妈妈》这两个中文译本。女人和女兵，是二维视角；孩子和母亲，也是二维视角——前者集于一身，后者集于一家，人性情感氤氲而来，感动感慨挥之不去。

我是女兵，也是女人！参加“二战”的 15 至 30 岁的苏联女兵，超过 100 万名。她们中有医生、护士，还有工兵、伞兵、坦克兵、狙击手、重机枪手等。这里的黎明静悄悄，静悄悄。这里的黎明不仅仅是静悄悄，静悄悄。战争中的苏联女子和男人一样，冒着枪林弹雨冲锋陷阵、爬冰卧雪，有时还要背负比自己重一倍的伤员……1989年初冬，阿列克谢耶维奇曾随苏联作家代表团访问中国。她“衣着朴实，发型简单，面颊略带忧思，讲话谦虚、稳重，没有华丽的辞藻”；为了写战争中的女性，她说她用4年的时间，跑了两百多个城镇与农村，采访了数百名参加过卫国战争的妇女，笔录了与她们的谈话。就这样，阿列克谢耶维奇在战争文学领域开发了“深深的岩层”。

写战争，更是写人。那是战争中的人，女人。“再长长吧，姑娘……你们还嫩呢”；“电话听筒可射不出子弹……”；“小姐们！你们知道吗？工兵排长平均只能活两个月……”《我是女兵，也是女人》中写到的工兵扫雷排女排长阿涙琳娜的故事，给我留下极深刻的印象。当女兵们吵着嚷着要去工兵扫雷排时，上级就会拿“工兵排长平均只能活两个月”来吓唬她们；但也有“据理力争”而争赢的，阿波琳娜就是这样当上了排长：

> 上级把我带到我要掌管的工兵排，下令道：全排集合！但是全排士兵都不站起来。有人躺着，有人坐着，有人在抽烟，还有人在打哈欠伸懒腰，浑身骨骼咯咯作响。他们都假装没注意到我的存在。这帮久经沙场的男侦察兵，居然要服从一个二十岁上下的女孩子指挥，他们感到很丢人。我当然明白他们的心思，只好就地下令说：“解散！”

然而，正是女孩子特有的直觉与细心，在工兵排查地雷的过程中发挥了特殊作用，这恰恰是一些男兵所做不到的。“那时候，每迈出一步都可能踩雷，多得不得了。有一次我们走进一座房屋，有人一眼就看到一双长筒靴立在衣柜旁边。他已经伸出手要去拿了，我大叫一声：不要去碰！然后走过去查看，果然那双靴子是连着地雷的。什么东西里都有可能安置炸弹，有的是椅子，有的是抽屉柜，有的是梳妆台，还有布娃娃和吊灯……”还有一次阿波琳娜受邀去吃饭，烧肉和烤土豆的香味在房间里飘着，军官们有说有笑，“我正要回答他们的笑话，却立即注意到在烤炉左侧的底部有一个小孔。我仔细地朝里面看去，只见有一根细细的导线通向烤炉里。我急忙转身对坐在屋里的人说：房子里有雷，请马上离开房间！军官们顿时安静下来，却难以置信地瞪着我。我又大声说了一遍：马上清空房间！随后我带领工兵开始工作。先卸下烤炉门，再用剪刀剪断导线……”就在那烤炉内，与导线连在一起的，竟然是20公斤的炸药！

一次次，死亡是那么的近。“我说得最多的就是死亡，是关于她们与死亡的关系，死是常常伴随她们左右的。如同对生活一样，她们对死亡也是如此亲近，而且十分熟悉。”阿列克谢耶维奇说，“我一直想弄明白，在这无休无止地体验死亡的常态中，怎么才能安然无恙？日复一日地观察，孜孜不倦地思索，情不自禁地尝试……我有时在采访后回到家，内心有一种想法挥之不去：痛就是一种孤独，像聋子一般地与世隔绝。有时我又感觉到，痛苦是一种特殊的知识类别，是人生中无法以另一种方式表达和保存的东西……”

卫国战争是伟大的，而战争是残酷的。整个卫国战争期间，除了妇女，还有数百万苏联儿童死亡。《我还是想你，妈妈》一书是“儿童回忆录”，准确地说是“回忆儿童录”。书中每个标题，都是某位讲述者的一句原话。这些讲述者，在卫国战争期间全都是孩子，他们是最不幸的战争见证者。轰炸轰炸轰炸，饥饿饥饿饥饿，离别离别离别，死亡死亡死亡……孩子们眼中的战争有不一样的面孔。比如，书中记录了当年12岁、如今也是记者的尤什克维奇的回忆：“许多飞机飞临城市上空……

它们遮蔽了整个天空，遮住了太阳。简直恐怖极了！！它们投掷下炸弹……传来连续不断的爆炸声、碎裂声。自己的恐惧感，快速爬遍了全身，爬遍了所有话语，爬遍了所有念头。我们从家里冲出来，在街道上乱跑……有人说：应该往墓地跑，因为他们不会轰炸坟场。为什么还要再轰炸死人呢？在我们地区有一个面积很大的犹太人墓地，长满了古老的大树。于是，所有人都奔向了那里，在那儿聚集了成千上万的人。他们搂抱着石头，隐藏在石板后面。在墓地我和妈妈一直坐到了深夜。周围没有一个人说出'战争'这个词……"

不管在什么地方，战争的本质都一样：残忍，丑恶，摧残人性。"子弹射进人体时，你可以听得见，如同轻轻的击水声。这声音你忘不掉，也不会和任何别的声音混淆。"苏联入侵阿富汗，那些二十来岁的娃娃兵，战死了，被装到锌皮棺材里，运回家乡。《锌皮娃娃兵》一书，记录了阿富汗战争中苏联军官、士兵、护士、妻子、情人、父母、孩子的血泪记忆，写出了不同阶层官兵的心态，写出了战时苏联部队的内幕，写出了他们在阿富汗令人发指的行径。锌皮棺材包得住尸骨，但包不住谎言。阿列克谢耶维奇说，这本书的研究对象是"感情的历程，而不是战争本身的历程"。而人类最本源的情感，正是反对战争的。读阿列克谢耶维奇的不遮掩、不伪饰的作品，人类更应该像她那样立场坚定：反对杀人，反对战争，不管是什么人、什么战争！反对战争，就是为了和平，为了现在与未来的和平！

在人类和平时期的灾难史中，切尔诺贝利核电站反应堆的大爆炸，是一场空前的核灾难。《我不知道该说什么，关于死亡还是爱情》，写的就是来自切尔诺贝利的声音。这更是"一本痛苦的书，一本真相的书"。阿列克谢耶维奇用3年时间，采访了这场灾难中的幸存者：有第一批到达灾难现场的救援人员的妻子，有现场摄影师，有教师、医生、农夫，有当时的政府官员，有历史学家、科学家，有被迫撤离的人、重新安置的人，还有妻子们祖母们……“每个人不同的声音里，透出来的是愤怒、恐惧、坚忍、勇气、同情和爱。”

序篇就非常震撼人心：一位名叫瓦西里的消防员，首批进入灾难事故现场，受到重辐射；结婚不久、已怀孕的妻子历尽艰辛，找到在莫斯科的辐射医院，以“行贿”为通行证得以进入，编造谎言骗过放射科主任，终于得见在这里住院的她深爱的丈夫。“我想和他独处，哪怕只有一分钟。其他人察觉出来了，于是陆续找借口离开。我拥抱、亲吻他，但是他移开。”她陪伴他。但是，无情的辐射很快让他被灼伤的伤口处溃烂，身体变色，“每一天都判若两人”；扶一下丈夫，他的皮肤都会黏在她手上；抬起他的胳膊，感觉骨头是晃来晃去的……死亡很快到来，最后，最后的最后，把什么东西都放进那锌皮棺材……

人类必须认认真真看看历史，才不至于轻浮，更不至于在今天还胡搞。作为记者的阿列克谢耶维奇，在倾听历史的苦难的声音。强烈的历史关怀背后，是强烈的现实关怀。太多的人性细节，让人落泪无声。然而，残酷的大背景，残酷的小故事，恰是某些人物所不喜欢的。他们同样把阿列克谢耶维奇的作品看成是一串串“子弹”。于是，她出版书籍就变得非常艰难。在当年，她的作品被审查和删节就成了“必须”的，好在今天已经可以一睹它们的全貌了。

《二手时间》是阿列克谢耶维奇的重磅新作，历时 20 年采访，再现苏联解体后转型时代普通人的历史；从学者到清洁工，每个人都在重新寻找生活的意义，“他们的真实讲述同时从宏观和微观上呈现出一个重大的时代，一个社会的变动，为这一段影响深远的历史赋予了人性的面孔”。

【注】阿列克谢耶维奇主要作品中译本：

《我是女兵，也是女人》，吕宁思译，九州出版社 2015 年 9 月第 1 版；

《我还是想你，妈妈》，晴朗李寒译，九州出版社 2015 年 10 月第 1 版；

《锌皮娃娃兵》，高莽译，九州出版社 2014 年 8 月第 1 版；

《切尔诺贝利的悲鸣》，方祖芳、郭成业译，花城出版社 2015 年 11 月第 1 版（原书名《我不知道该说什么，关于死亡还是爱情》，花城出版社 2014 年 6 月第 1 版）；

《二手时间》，吕宁思译，中信出版社 2016 年 1 月第 1 版。

世纪生活艺术的沉淀

——读《世纪风格》

一位游历过欧洲的朋友曾说：游览的一大乐趣，就是可以细细体味中世纪风情。比如在瑞士，你能见到罗马时代的教堂，哥特式，尤其是晚哥特式建筑，巴洛克式等历代风格的建筑；街心或路口的喷泉，街道两侧人行道上的拱廊，建筑外墙上的壁画或花饰……中古时代的遗风依然清晰地显现在今天的街头。瑞士保留着许多传统，当然，保留传统并不等于停留在传统的年代里，传统保留和继承得好的地方，传统和现代会恰到好处地融合在一起。当你徜徉在古老的街道上，尽管那里满眼跳动着现代化的珠宝店、时装店、朱古力店，你依然很有可能就在不经意间觅到极有价值的古董……

当然，不是每一个人都有这样的福气，能让自己远渡重洋，置身于悠悠的古风艺韵中。那好，我们不妨让一个世纪的风格韵味都置身于自己的怀抱中——读读这本《世纪风格》（[英]贝维斯·希利尔、凯特·麦金太尔著，林鹤译，河北教育出版社 2002 年 1 月第 1 版，精装本定价

48.00 元），整个 20 世纪艺术的风格和文明的光芒都在这本精美的书中如钻石闪光般折射出来了。

“提到文明，一只鞋能传达给我们的消息，和一座大教堂蕴含的内容一样多。”艺术史学家马克斯·弗里德兰德大概深谙“一叶知秋”的道道，所以才能说出这样精辟的话。在这本书中，我们看到的就是琳琅满目的“鄙俗物件儿”所折射出的世纪风格。家具、服装、首饰、招贴广告等“小东西”，它们与生活密切相关，它们与艺术不可分割。诸多的艺术实用品彰显了时代特征，并随着时代的变化而转换风格，由此我们也感知到：一切“小东西”，都与社会、政治、文化、经济密不可分，它们经过时光的沉淀，成了文明长河里闪烁的碎金，现在集中展示在一本书中，这就是这本书的价值。

罗丹说：艺术，也是趣味。本书中的艺术展示是非常有趣味的，第一作者贝维斯·希利尔是英国著名的艺术史家。书中将整个世纪分割为五段，每段对应的主题词是：1900—1920，爱德华时期、新艺术活动、第一次世界大战时期；1920—1940，装饰艺术风格、大萧条时期、流线型；1940—1960，第二次世界大战时期、简朴时期、“当代风格”；1960—1980，风流放浪的六十年代、玩世不恭的七十年代、波普 / 迷幻式 / 朋克；1980—2000，雅痞、后现代主义、新千年。个中趣味，在图文并茂中读者可以细细体味。比如在爱德华时期，作者选介了爱德华七世的两把椅子，一把是 1902 年为纪念爱德华七世加冕而制作的“乡村椅”，一把是专门为爱德华七世定制的造型独特的“爱情椅”。至于“小东西”与政治社会的关联，你不妨看看“二战”时期的“纳粹旗帜”和希特勒那把 7.65 毫米口径的手枪，那上面是厚厚的镀金，还有一个珍珠母枪柄。

书中选介的“小东西”，其实都是弥足珍贵的，极具收藏价值，当然，这收藏并不是一个人力所能及的。收藏和展示，不仅可满足收藏者本人的爱好，其本身也是人类的一种生存智慧，也是为后世留下文明足迹、传递艺术气息的大恩大德。书中言说的小故事，看起来琐碎，但都可以成为历史全景中的一个个组成元素。至于“风格”，作者在书中说，风格是无孔不入的，风格与生活方式密切关联。何况，这是一个世纪的生活。于是我想，你花一天读这本书，那就是——

“给我一天，还你百年。”

薪火相传文字收功

——读《薪火四代》

很快就要迎来人间的四月天了。

“我说你是人间的四月天；笑音点亮了四面风；轻灵在春的光艳中交舞着变……雪花后那片鹅黄，你像；新鲜初放芽的绿，你是；柔嫩喜悦，水光浮动着你梦期待中的白莲。你是一树一树的花开，是燕在梁间呢喃，——你是爱，是暖，是希望，你是人间的四月天！”又一次读到这温暖的诗句，是在一个新的版本里——《薪火四代》（梁从诫编选，上下册，百花文艺出版社 2003 年 1 月第 1 版）。

《薪火四代》是梁启超、梁思成、林徽因、梁从诫、梁帆的家族文学聚会，是梁家四代人作品的精选，由梁从诫先生精心编选而成。正如印在书的封底的这段话所说：“梁氏家族，在中国近现代史上有着较大的影响，将其四代人的作品精选于一个集子中出版，从中可以鲜明地看出一个优秀的家族在思想、文化和精神上的传承，对于认识和发扬中华民族的优秀文化传统，对于教育后代，有着积极的现实意义。”熔一家四代的作品于一炉，给读者提供了一个独到的视角，这是家族的视角，这是历史的视角，这是文化的视角，这是知识分子精神传承演化的视角，这也是中国近代至现当代发展的视角，这样的视角，是其他家族很少能展示的。

20 世纪初，中国形势危殆之秋，梁启超倡言开民智、启新学，以实际行动推动社会变革，“戊戌维新”，功败垂成，但影响遍及千万知识分子。这位“饮冰室主人”著作等身，所写逾一千万字，是一位真正的大学问家。书中“梁启超篇”除了收有他的《致汪康年书》《戊戌政变记》《少年中国说》《新民说》《欧游心影录》等 20 余篇熠熠生光的大作，还收入了他给梁思成等孩子们的书信 11 封。

梁家后代薪火相传，人才辈出，为世人所仰所慕。一家中走出三位国家级院士：建筑学家梁思成、考古学家梁思永、火箭控制系统专家梁思礼，他们都是梁启超的后代。长子梁思成是建筑大师，是中国研究古代建筑的先驱，也是中国建筑教育事业的开拓者之一，是国徽和人民英雄纪念碑的主要设计者之一。本书“梁思成篇”收入的主要是他的建筑学著作，专业的内容以非常好的散文化语言来表达，那种深入浅出中的平和优美，早已有口皆碑。

儿媳林徽因是建筑学家，更是著名诗人、文学家。百年来中国最美丽的才女是谁？就是林徽因。在我看来，在林徽因面前，所有所谓的“美女作家”都应该羞愧汗颜才是，如果不服，那好，请看一眼印在本书封面的林徽因照片，再翻开书中“林徽因篇”读一遍《你是人间的四月天》试试。读过她的名篇《悼志摩》的结尾：“这是什么人生？什么风涛？什么道路？志摩，你这最后的解脱未始不是幸福，不是聪明，我该当羡慕你才是。”我想的是，更多的人该当羡慕林徽因才是。

长孙梁从诫，如今也是年逾七旬的老人了。梁从诫几经波折，创办了中国第一个民间环保团体“自然之友”，致力于中国环保教育及行动至今。本书“梁从诫篇”所收的除了怀念先人的文字之外，主要是有关环保的篇章。那真是绿色的文字、常青的文字，洋溢着良知和责任感的文字。读了这样的文字，你就会深切地感到：梁从诫先生真正无愧于“民间环保第一人”的称谓。

第四代传人是梁帆，这位出生于1974年的风华正茂的女子，是梁从诫的女儿，现在纽约市立大学攻读哲学博士学位。在本书“梁帆篇”里读到她的《一滴水的责任》，你就明白她为什么每次回国总是坚持穿着从箱底翻出的当年旧衣，为什么遇到北京干旱就拒用机器洗衣。凝目少年梁帆，梁启超先生一个世纪前在《少年中国说》中饱含深情和激情的话语于是回荡在我耳际：“故今日之责任，不在他人，而全在我少年。少年智则国智，少年富则国富，少年强则国强，少年独立则国独立，少年自由则国自由，少年进步则国进步，少年胜于欧洲，则国胜于欧洲，少年雄于地球，则国雄于地球。”

1929年梁启超病逝时，胡适挽以联曰：“文字收功，神州革命；生平自许，中国新民。’读了《薪火四代》，我们知道了“文字收功”以“立言”的重要，而且这种文字天赋延续四代，还真少见。不过，梁从诫说得好：“我一贯不赞同所谓的‘龙生龙，凤生凤’的说法，这是不一定的，每个人都会有他独立的思想的，客观条件不是衡量人的唯一标准，更重要的应该是决定于一个人的主观的条件。”那么，梁家真正一脉相承的那种社会责任感，该是他人无法比拟的“主观的条件”吧！

俞天立的散文乐园

——《茶当酒品》序

A

天地合一心自得，立言不二任逍遥。青年才俊俞天立的首部散文集《茶当酒品》，由浙江文艺出版社付梓。俞天立生于1989年6月2日，由此成为该出版社最年轻的作者之一。代际迭代，青出于蓝。

这是俞天立的散文乐园。散文之好，言者知之，读而晓之。一部中国文学史，首先是一部散文史；遥远的“文史哲”不分家，此“文”的要义首先在于散文。千百年来，散文酿成千姿百态的文体风格流派。读之写之，皆为乐土。在今天，在小径分岔的散文花园里，俞天立取一瓢饮。

这是俞天立的艺文九章。自第一章《一蓑烟雨任平生》，至第九章《天籁自鸣天趣足》，俞天立这部个人作品集，各章皆以古诗句命名，特色鲜明猎猎如帜。作者年纪轻轻，文华盈盈，起步早，起点高，读一回，赞一个！

B

“白云峰下两枪新，腻绿长鲜谷雨春。”作者俞天立生长在杭州，近水楼台先得茶，所以喜茶爱茶，对茶有特别的情愫存焉。龙井香茗，叶含春雨；一茶在侧，濡笔为文。

书中开篇，就是写茶。第一章中，多篇散文关于茶与饮茶。茶如人生，茶当酒品。南方有嘉木，早茶一盏，晚茶三杯。与西湖做伴，品佳茗，阅山川，烟雨人生，涤荡胸襟。早在唐代，茶就是一种高贵的饮料，在那时节的“茶圣”陆羽看来，只有精行俭德之人，才配得上喝茶。彼时饮茶，不宜牛饮，因为茶已注入高品质的道德元素。

茶与酒，有何异同？作者说：“我喜欢喝茶，把茶当酒品。茶淡淡如幽兰，酒浓浓似沉香。茶需慢慢品味，酒要畅怀痛饮。茶是清风明月，酒是干柴烈火。茶当酒品，不是将浓烈化作淡泊，将快意化作诗意，将复杂化为简单吗？”这是以出世的精神，做入世的文章。

茶与酒，其实往往难以分家。唐代画家阎立本的《萧翼赚兰亭图》，总共画了五个人，其中就有二仆在茶炉上备茶的情景——没有描绘喝酒的。这是“有茶自历史的远方来”，故事说的是，唐太宗御史萧翼装成一个书生，从王羲之第七代传人智永的弟子辩才手中，将“天下第一行书”《兰亭集序》骗取到手，最后献给唐太宗的故事。画作之宋人临本现为台北“故宫博物院”收藏，我是很想去观赏一下呢。《兰亭集序》的创作，尽人皆知是“从酒开始”，然而不曾想到“以茶而终”，最终真迹悄然消失，“茶”则是见证者。

茶自峰生味更圆，从来佳茗似佳人。在南宋，西湖龙井茶文化登上了一个高峰。虎跑泉水竹风炉，泡茶的山泉水，都要轻轻提取，不能将它伤了，这是何等的独具韵味啊！

沏茶之道、莳花之技，二者同源，都出自礼敬之心。今天我们更要知道“谁知杯中茶，叶叶皆辛苦”。

茶香酒香草香，“茶当酒品百草香”——这是一个书生意气的书名。冲淡如水、旷达如天，作者默默写出了一种茶品格。

茶魂存焉！

C

散文是需要“篇篇有我”的。“言之有我”，是“言之有人”的应有之义。我的观察、我的思考、我的散文我的文。

作者以浓得化不开的情怀，抒写“我的江南”“我的西湖”“我的家乡”……

江南是一蓑烟雨，是一垄初晴；是一叶明前茶，是一根葡萄藤；是一只清明团子，是一波杂花生树。江南是诗人笔下的“伟大的江南”。

这是作者在《我的江南》中散文诗般的开头：

> 江南烟雨，如梦如幻，但却是最真实的梦。
>
> 舟楫，蓑笠，雨帘，柳浪。
>
> 我的江南，是子建的歌，太白的驹，杜甫的舟，东坡的诗。
>
> 我像歌者般打江南走过，走过的人像亲人般应和着，我们都有着江南的魂，在这一季的烟雨中相识相拥相交相融。

“天下西湖三十六，就中最美是杭州。”杭州的美、西湖的美，生成了“人间天堂”。李渔曾言：“繁冗驱人，旧业尽抛尘市里；湖山招我，全家移入画图中。”作者同样以深情的笔触、诗化的语言，写出了李渔所描绘的意境：

长长的白堤把西湖分成两半，湖面微微荡漾的碧波，在雨后的初阳下泛着素雅的点点粼光。几只小舟拨开重重荷叶，悠悠闲闲地，从岸边划向湖心。荷叶欹斜了身子，初绽的菡萏跃动起来，犹如婉婳娉婷的女子，带着几分羞涩，转眼就躲到荷叶的后面去了。

而对于家乡故园的浓情蜜意，“我”将其沏成了一壶酽酽的龙井茶。看作者抒写老家的葡萄藤：

记忆中的那株葡萄藤，是故乡老宅里最美的风景。那藤是缠在屋檐上的，早和爬山虎交织得难舍难分了，平日里没人的时候，它们就是最好的知己。……据说当初祖父在山上建屋瓴的时候就有它了，时光在藤蔓上翩然轻擦了多少春秋，自是无从知晓。粗壮的躯干，像农人般的体形身段，将大小枯枝尽收肩上……

写作者最好的状态，当是“文思汩汩如泉涌，作品汸汸如河海”。写江南家乡故园的人物和景物，作者就进入了写作的好状态、佳时节。即使留学英伦读研期间，“身在异国他乡，也能让我朝思暮想，一掬热泪”。一切景语皆情语，俞天立有着细致的观察、细腻的感受，比如《行走在古村巷陌间》中写古井：

村口有一条蜿蜒狭长的小巷，路道中间有两口深不见底的姐妹般的古井，井口围着一方一圆两圈石头井栏。这两口井冬暖夏凉，井水清澈甘洌且永不枯竭，做饭洗衣甚为便利，真是应了范云“兼冬积温水，叠暑泌寒泉”的诗句。我注意到，井壁上刻有一行字：“圆象天，方法地，饮斯泉，千万祀。时万历壬辰仲春。”据说此书称“井铭”，村民取水时不禁会默念一遍这古老的文字，保持一种对祖上和大地的敬畏。我还听说，村民们能够判断出家人打回来的水出自哪一口井，实在令人啧啧称奇。

“圆象天，方法地，饮斯泉，千万祀”，散文写作不也是这样的吗？法天地之方圆，大道技艺也；饮斯泉，生活源泉也；千万祀，心灵情感也。

跨出故乡，跨出江南，外面的世界也很精彩，这是作者笔下的《大美稻城如初见》：“我打稻城走过，稻城的人儿从我的眸子中穿过。我真想驻留在稻城的光影里，吟唱美好的赞诗，让擦身而去的时光慢慢流走……”只为途中与你相见，这恰是散文作家所追求的。

以“篇篇有我”观之，“我”在英伦三岛求学的经历和所见所感，很是抓人。年轻的天立同学在英国卡迪夫大学读研，于是有了《辞别夕阳拥抱朝阳》，有了《卡迪夫，在历史的印记中前行》，有了《华威城堡的前世今生》，有了《格力吉诺格庄园里的五彩世界》，也有了《慢品英国茶》。其实这个部分还可以有更多的篇章，读着还没过瘾呢！

而想不到的是，留学也经历了种种磨难：“我是文科男，学的却是偏理的金融学，正好比是攀缘着云梯登高，繁重的学业有时折磨得我都快崩溃了。这还不算，留学期间我数度与死神擦肩而过，亲历了车祸、触电、火灾等惊悚时刻。自古英雄多磨难，我一介书生，磨难也没少放过我。”还好，最终俞天立坚持了下来，磨难变成了磨砺。

人生，本来就是要砥砺前行的。

心湖可见初心。俞天立以一篇《心湖》，将“我”的一颗怦怦跳动的心捧到读者面前：我的心湖是一串呼吸，我的心湖是一面明镜，我的心湖是一条缎带，我的心湖是一间暖房……“无论平静还是涌动，心湖始终在那儿，变的是它的千姿百态，不变的是它淡泊的心境。”

好散文总是从心里流出来的。散文之道，不是别的“道”，而是从“心”所“欲”，即王阳明说过的哲理：顺应自己的本性，顺从自己的良知，才是人，才合道。绝不是要在别处再求一个凌驾于人心万物之上的道。那也不是道，是妄。

D

散文要“存心于文”，要“篇中有我”，更要“目中有人”。

作者写《变与不变的外婆坑》，“外婆坑人艰苦奋斗的精神令我感动，我今后对外婆坑要像对外婆一样亲”。

写《门背后的阿Z》，这位小学时代的同学，那可是一只“笼中鸟”，“岁月让他失去了童年的快乐，他只有对着他的宿命呢喃啁啾”。有道是，“鸟在笼中，恨关羽不能张飞；人处世上，要八戒更需悟空”——前者容易，后者则难。

作者丰富的、细腻的情感情怀，在《泉月一曲付烟雨》一篇中表露无遗：“生老病死毕竟是每个人都躲不过的一劫。爷爷约莫在我七岁的时候曾经中风过一回，四个月后竟然神奇地痊愈，可是死神在十年之后终究还是没放过他……”文中有温暖而令人百感交集的细节：

> 我们下到一片玉米地里，他手把手教我摘下一杆杆金灿灿的“棒子”，那带着阳光味道的玉米粒，映着他汗涔涔的脸，在我幼年的心中洒下点滴暖意。在玉米地旁边，种着许多莴苣，我和堂妹总爱采来，然后拿去邻家偷偷喂给猪猡吃，他也不揭穿我们的“鬼把戏”，假装没看到似的在一边笑着捋胡须。

长亭更短亭，望断天涯路。史铁生说：“死是一件无须乎着急去做的事，是一件无论怎样耽搁也不会错过了的事，一个必然会降临的节日。”向死而生，生命人生因此升华。

书中第九章关乎艺术和艺术人生，其中有一篇《重塑自我的艺术家》，是写个性独具的著名画家朱仁民的。作者登上舟山群岛的莲花岛，那是一个“私人岛屿”，岛主就是朱仁民，他是大师潘天寿的外孙，他也是中国“私人买岛”第一人。取得莲花岛40年使用权后，他陆续投入4,000万元用于开发建设，将其打造成一座海上艺术殿堂。早在1981年，在创作一幅巨大的画作《大道·海天篇》时，他不慎从高台上摔了下来，导致腰椎严重受伤，在长达四年的时间里无法工作，后来奇迹般康复，然后创造人生和艺术的奇迹。你看艺术的张力后面，正是生命的张力。作为浙江大学景观艺术研究院院长，他在浙大西溪校区有“朱仁民艺术馆”，是可以去看一看、写一笔的。

艺术追求需要执着，卓殊的执着。

艺术的本质、艺术创作的规律，息息相通。

艺术与艺术之间，作者、读者、评论者，都可以成为摆渡人。

E

在散文写作的“认知、情怀、表达”三部曲中，认知一定列在第一位。而一个人的认知水平，和阅历、阅读这两个“阅”相依相生。

作者写《雪知冷暖》，那是雪落在月光中、雪落在历史里。如果没有广泛的阅览，就不会知道雪身后的一个个故事，“悲凉，抑或感动，五味杂陈地深埋在月光下的皑皑白雪中”。

说过“雪”，于是《说“隐”》：

物换星移，现今社会早已不存在所谓的“隐士”而只有“隐居者”，即便是“隐居者”，终究还得面对世俗的侵扰。即便没有了传说中的“隐士”，那么世俗的我们是否仍可以用一种“隐士之心”，返璞归真，多点文正公那样的傲然风骨，淡然面对芜杂纷扰的社会，超然于私利物欲的诱惑，进而做点有益于社会、为生民立命的事呢？

《说“隐”》过后《说“仙”》：“以道为本，包容万象，乃是仙家的襟怀。所谓‘仙’，更多代表的是一种兼容并包的洒脱心态。”作者通过“仙”“隐”，外化了内心。花之隐逸者，都要被赞颂，何况乎人！至于“洞里无尘通客境，人间有路入仙家”在人世间越来越稀见了。

《说“仙”》过后说“时”，呈现了作者独特的感受力：

我用24小时写作不代表我才思泉涌，我用24小时复习不代表我刻苦用功，我用24小时睡觉不代表我懒散颟顸，我用24小时发呆不代表我不思进取。如果可以，我愿意用24小时思考人生；我也可以用24小时听遍各大音乐榜单；我可以用24小时踏遍千山万水，也可以用24小时去乡村民宿过上一天。

说“时”过后说“思”，展示和褒扬思考的力量：“我们这个时代缺什么也不能缺思想，行动的果决如果没有科学思想的引领，行动就会变成盲动。我们的民族需要大师级的思想家，需要思想的火炬把中华民族伟大复兴的漫道雄关照亮。这就需要我们保持‘初心’，既仰望星空，又脚踏实地。”

说“思”过后说“魂”，表达对厚重灵魂的尊重：

生命本就是一场不需要任何功利的旅行，世人给它加了功利，生命的旅程就会为人所限。只有那些静下来雕琢灵魂、倾听内心的声音，不为杂念掣肘、不为世俗所动的人，才能获得世人的尊重。

览群书如览群山，这样才有这般卓尔不群的认知。

对写作者而言，阅历和阅读这两“阅”缺一不可；如果阅历不够，就用阅读来补。“阅读是眼界的一扇窗，是心灵的一扇门，想要更好地了解这个人类赖以生存的世界，势必要通过阅读来探究他人所看到、所了解的世界。”俞天立是酷爱阅读的，他在《多元化阅读的营养价值》一文中说得好：“毕竟，每个人的经历都是有限的，而阅读则能够了解他人的知识，从而丰富自己的内心、开阔自己的视野。可以说，阅读是在别人的故事里一步一步成就自己的过程。”

F

散文重言，以言见行；散文重魂，以魂定品。

从历史到现实，作者的思辨性散文，让我们或扎进历史的深井，或攀缘现实的高崖：

《首推司法改革的晚清律臣》，说的是一场轰轰烈烈的司法改革连同预备立宪一起，终究成了慈禧维护封建统治的殉葬品。作者说：站在现代法治视角看，清廷的政治败就败在没有处理好权力与制约的矛盾，而是以专制驱逐民主，以行政干预司法，以“家天下”取代“国天下”。

《昙花一现的救世主》，说的是僧格林沁的失败，其背后是“这个王朝丧失民心”，陷入内忧外患的境地。作者能够考察“救世主”的意象，这是不容易的。

《狡黠的杀手逃不过时代的局》，从江山市保安乡小街的戴笠故居说起，揭示了“戴笠一生杀人如麻，却不想自己布的局再大，终究大不过时代这个局”。是的，小局敌不过大局，小势敌不过大势；一个人的权力势力再大，也大不过时代大势，从来都是这样。

善良而正直者，才能真正写得好思辨性的散文。“正直者顺道而行，顺理而言，公平无私，不为安肆志，不为危易行。”正直者关心公共事务，这是一种稀有而高贵的认知与情怀。关心公共事务就是关心别人，而关心别人就是关心自己，所以关心公共事务到头来就是关心自己，每一位公民的“自己”。

对于俞天立来讲，写现实性社会问题的思辨散文，有很大的空间，亦有很大的提高空间。

G

散文可以在幽微之中而见广大。

散文就应该是广义上的大散文。

立意佳妙题意深切，章法井然鲜活明畅，言之有文妙语连珠，自然是好散文。

言之有物、言之有识、言之有情、言之有人、言之有我、言之有序、言之有文——七个“言之有”，铸就经典。

经典的散文作品，其表达的思想和精神，必定是值得后世追逐和向往的。纵观中国散文通史，从商周巫卜散文和铭文，到春秋君子文化与“语”类散文；从史官文化与史传散文，到百家争鸣的诸子散文；从两汉的史传文、体物赋以及颂、铭、诔、碑、箴等礼制文，到隋唐五代的书序文、书信文、传状文、史传文、杂记文、赠序文、哀祭文；从魏晋南北朝兴盛的赋作，到宋金元的论辩文、奏议文、试策文；从明代的八股、杂论，再到清代的笔记、辞赋，多有名篇佳作传世。

阅读之，有无穷无尽的营养，需要的是静下心来，久久为功。

爱散文，爱作文，爱艺术，那真当应该是“有爱长存”：

双惜双知双思双忆将心永牵
双关双依双双与你共历磨炼
双牵双亲双双以爱觅梦和暖
不枯不衰不休不息千心永牵
不惊不忧风风雨雨共度磨炼
不分不舍深深切切用热和爱
共与你以心相见……

在这个“物物而物于物”的时代，终归是需要一些人“物物而不物于物”的。

在这个多情的季节，像俞天立一样睡在散文乐园的花朵里，才不会辜负青春！

拥抱用言语照明的世界
——读散文集《雅活》

拥抱在，用言语所能照明的世界里。集合起词语的鸟儿，扑腾腾地飞。

这也是我的散文想象。记者写散文、当作家，是有优势的，有时只需使一把劲，就能照明前面更广阔的世界。韩晓露是我的媒体同行，在写深度报道之外，恋上了散文。她说她在散文里“苦苦寻觅一种理想的社会生活状态，描绘着一种浪漫主义的生活态度”，在喧嚣的尘世里寻觅这些人与事，于是成就了这本散文集《雅活》（广西师范大学出版社 2016 年 10 月第 1 版）。

雅活是什么？雅活是西子湖畔，静卧烟霞；雅活是闲敲棋子，夜落灯花；雅活是姹紫嫣红，开遍谁家。

成为作家，当为记者良愿。跑得多了，坐下来，成“坐家”也好。事实上，记者成为作家的不少，但女记者成为名作家的似乎不多。成就最大的，一下就能想到阿列克谢耶维奇这位白俄罗斯女记者，她获得了

2015年度的诺贝尔文学奖。她采写的每一篇人物口述回忆，单独阅之，皆为散文，且是优质的。

散文是起步的文体，写之容易，写好却难。从“步进”到“进步”，总有一个过程的。董桥的散文，自是娴于布局、耽于炼句，“用心写每一个字，写出自己觉得好的作品”；而写到后来，董桥自己就不在乎写的是“文学”还是非文学，是“散文”还是时评了，自称“混迹江湖，转眼心顺、目顺、耳顺”，从心所欲，笔顺就好。与文人的散文不同，记者的散文，更多的不是关心自己，而是关切他人，关切社会。

散文题材的两个开掘维度：一个是向自己内心开掘，一个是向外部世界开掘。当然也可以是两者结合的。意在笔先，关心公共事务，那么外部世界就有着源源不绝的写作素材。从本性来讲，女作家似乎擅长于向自己内心开掘，而女记者、女作家韩晓露的散文，越来越成为“走出去”的散文。她的第一本散文集，书名是《心生愉悦》，好吧，这是“关心”的名字；她的第二本散文集《人间有味》，书名则是侧重人间了。这第三本散文集《雅活》，就从“关心”进入了“关切”，比如开篇《呼唤水的良善姿态》，即是这样的佳作，节录一段：

> 在城市，在乡村，在我们的生活中它变得污浊不堪，我们无法与它亲近，看不见水里的游鱼，甚至不能与之嬉戏；在大雨后，它又是泛滥的，它四处流淌，将马路变成了最现成的河床；台风过后它又是狂虐的，能掀起巨浪吞噬一切美好。
>
> 此时，水失去了美好的姿态，它变得疯狂，恶劣无法亲近而可怕。
>
> 古语云，上善若水。然而，在当今，水之善已逐渐离我们远去。美好的浙江失去了善水，我们在呼唤它的归来。

“呼唤水的良善姿态”，如诗的题目。这篇散文发表于我所在的《杭州日报》，是“我的家乡有条河”征文大赛获奖作品，相信每一个读了的人都会产生同频共振。这是写这个时代的“治水”事件的。富有情怀的人与事，乃是散文的好题材。我们都知道，水，滋养万物是一种本领，刚柔相济是一种底蕴，避高趋下是一种谦逊，滴水穿石是一种毅力，奔流到海是一种追求，海纳百川是一种大度，沉淀自净是一种能力，洗涤污淖是一种品性……可是，水养的人，一日离不开水的人，却没心没肺无情无义地把水给污染了。开着宝马没水喝，那是谁要的“雅活”生活？作为记者，作为散文作家，韩晓露情不自禁地呼唤水的良善姿态，这背后当然是呼唤人的良善姿态。

理想的社会生活状态，浪漫也好，现实也罢，总归是靠人筑就。处在漩涡里的人，有责任说出漩涡的样子；而不是阴影中的人，待久了而成为阴影的一部分。

记者的敏感、记者的视野，一直在助力作者，丰富内涵——那不是“装点此关山”，而是把江山装在心中。读《在枸杞岛遇见不一样的你》，我一路想，不能仅仅是写蔚蓝拍岸呀，不能仅仅是写开发民宿的主人呀，一定要写写那废村“绿屋”呀。好啊，果然后头就写到了：

> 我们离开岛屿的时候，还去网上出名的绿屋走了一圈，绿屋是一个消逝的村庄，建在临海的一个小山岙里，密密麻麻的都是两三层高的废弃的楼房。夏季的时候，房子上爬满了碧绿的爬山虎，绿屋由此出名。
>
> ……绿屋现在出了名，来绿屋参观的游人络绎不绝，成了岛上一道独有的风景，每一个游客到绿屋的心情大多不同。我看见一幢绿屋的残垣上有80后贴的英文，大抵是有一颗浪漫的心的意思之类。

时代变迁，沧海都能变桑田；偏僻岛村，被废弃后回归自然——看上去应该有喜感。“废村”毕竟不是“废都”，那不是颓废，而是绿意盎然。

散文写作，可以“篇篇有我”，而记者作家是“我问故我在”“我看故我在”“我思故我在”。

记者作家写纪实性的作品，散文味最浓、思想性最强、可读性最厉害的，要数彼得·海斯勒。这位曾经的美国《纽约客》驻北京记者，写下的“中国三部曲”——《寻路中国》《江城》和《甲骨文》，让我感叹“真是‘嗨死了’的海斯勒”。还有另一位，远一点，他是乔治·奥威尔，以《动物农庄》和《一九八四》闻名于世的英国作家。“二战”时期，奥威尔在 BBC——著名的英国广播公司，从事战争报道；战时后期，他又出任《观察家报》驻欧战地记者。艺术与思想齐飞，现实共虚构一色。奥威尔有个著名的“写作六规则”，用以自我约束：

（1）绝不使用在印刷物里常见的隐喻、明喻和其他修辞方法。

（2）如果一个字能说清，不用两个字。

（3）若可省略一词，则省略。

（4）能用主动语态，绝不用被动语态。

（5）能用常用词，不用外来词、科学术语与行业术语。

（6）绝不用粗俗语言，为此可以打破上面任一规则。

是的，他们有着语言的炼金术。亚历山大·蒲柏有一个著名的说法：“内容是众所周知，表达却是空前绝后。”你叫任何人来写，都能写成这样，这叫平常；你叫任何人来写，都写不出这样，这就是不一般。写得精彩，愉悦的悦读才有黏性。让自己和读者在散文里诗意地栖居，这正是散文家应有的追求，求之不得，寤寐思服，辗转反侧，不惧悠哉。

用言语所能照明的世界，才值得拥抱；能够照明世界的语言，才值得赏析。记者写散文，“新闻腔”很容易发生，诗性表达相对较难。韩晓露在摆脱“新闻腔”之后，走在“拜托”散文味的路上。登临意，读者会。

向前走，不停地阅读，让人文阅读来潜移默化，应是作者的不二法门。我自己深感“买书如山倒，读书如抽丝”，那也不怕。好散文终归有赖于阅读的修养、阅历的素养、人文的涵养。

其实，只有好散文，没有好散文的准则；散文本来就没有不可打破的法则，到了一定的份上，觉得自己应该怎么写，那就怎么写吧，愉快地写。

其实，若让读者吸附乃至沉浸在散文里，看到比较真实，比较丰富，比较干净，比较温暖，比较愉悦，那就甚好。

韩晓露说，她要“写出一些让更多的人喜欢，更有社会意义和价值的作品来”。是的，这样才让人喜欢和欢喜。

打开窗，打开语言的门窗，打开心灵的气窗，打开思想的天窗——没有窗，哪有窗外？

第四辑　此岸彼岸

出版不朽　阅读不朽
——沉浸在台北国际书展

书挤书，人挤人。

这是我“像老鼠掉进米缸”的台北国际书展。这是2017年春节后的2月8日至13日，台湾早到的春天。这是读书人无论如何要去沉浸乃至浸淫一回的地方。

我一家三口和另外十多位杭州的朋友，相约去台湾“抱团游”，2月4日从高雄“南进”，12日从台北“北出”，由我们称为“台湾首席导游”的“虎哥”，也就是东晟旅行社的袁介虎为我们激情导游。集体“准自由行”结束，不用急着赶回来上班的多位团友留在台湾继续游，“台北国际书展”成了必游之地。2月12日下午，我和妻子与在台湾读研的女儿一起去书展泡了半天；13日我独自再去浸泡一天，直至晚上整个书展毕展结束。

每次到台湾，都要拉半箱子书回来，这回想自己把它们全拉回来，那是不可能的了。

我老是想，没有书本、书架或书柜的家，无论多么的富丽堂皇，那也叫家徒四壁。

回来一晃两个月过去，俗务缠身，每天忙得不得空；我们单位内刊《这一周》敬业的编辑胡海燕一遍遍约稿催稿，我想好歹要赶在4月23日“世界读书日”之前，把这个简简单单的文章做出来。

书山人海

人山人海，人山书海，书山人海。

台北国际书展举办地是台北世贸中心，那可是在台北最核心最黄金的地段。世贸中心的造型，让人想起玛雅文化遗址，旁边矗立着它兄弟——台北地标建筑101大楼。捷运（地铁）101站就在此，本来就是人群车辆川流不息之地，往来那是相当的便捷。

书展当然首先是书山书海。来自大陆的新华社记者欧东衢的图文报道说的是：“台北国际书展共吸引621家出版社参展，展出总摊位数达1,780个，书展期间将举行至少450场活动。”621家出版社、1,780个摊位，这是什么概念呢？大概就是，整个展期6天你都去逛书展，每天得逛100多家出版社，近300个摊位。每天以10小时计算，一小时得逛30个摊位，哈哈，都要累瘫了。

出版社以台湾的为主，以来自世界各地的为辅；参展的以实体书为主，以电子书为辅——其实那云端租借系统也是挺好的。或许是因为台湾版的图书质量甚佳，印制普遍十分精美，所以实体书受读者欢迎的程度，超乎咱们的想象。

书挤书，人挤人，人山人海。

18岁以下的读者免费入场，其实入场券也不贵，仅仅100元新台币，也就20元多一点的人民币。人气爆棚，才能让莅临现场的读者有激情，让出版商有热情。今年多数出版社的销售量，与去年同期相比，业绩增长两成左右。

6天展期结束，台湾媒体发布消息：共创造了58万参观人次！也就是平均每天进场接近10万人次！而且年轻人众多，并不是头发花白的“老学究”才来看书买书。

沉浸在台北国际书展，看人也是一道道美丽的风景呀！

在书展现场，我拍到胸前贴着“我是作者”四个字的作者张志聪，他在热情地推销自己的作品。

在书展现场，我拍到一位胖乎乎的女读者，背着一个巨大的书包来买书，比我的休闲拉杆箱牛多了，我心中只有啧啧赞叹。

在书展现场，我屡屡拍到年轻美女的背影，感慨：这哪里是“人丑才读书”呢！

一个地方，爱阅读，有希望；一个人，不阅读，无进步。

那几百场活动

450场各种各样的文化活动，可谓“书山道上，目不暇接”。

活动众多，向来是台北国际书展的一大特点，活动场地也是遍布各个角落。无论台下听众多寡，台上的主讲者都很认真。有时逛累了，碰到前方一场活动，于是坐下来，歇歇脚，听一听，听不完不要紧，拔腿继续登山。

我就是这么干的。书太多时间太宝贵，坐着听一个小时半个小时的活动讲座，不太可能呢。

读享时光。每个活动场地，都挂有今年书展的标识——迈着大步的框架人。那是“前进，前进，前进，进”的读书人。

今次法国馆共有11家出版社来参展，他们举办了24场热闹且具有深度的文化活动，下面这段是台湾媒体的报道："文学明星菲力普·克劳代、历史学家克里斯多夫·伊拉-索梅斯，还有小说家安-萝尔·邦度，都对台湾读者们细腻的提问印象深刻，对于年轻一代热爱阅读也非常开心。"法国出版界是台北国际书展的老朋友，喜欢浪漫喜欢别出心裁，今年他们专门推出"立体书展"，一大批"精致而富巧思、令人目眩神迷"的立体作品，比如《快乐鸟》《蝴蝶秘密》等，引发抢购潮。前来参加书展的一位立体书艺术家，他的演讲活动涌进了400多名听众，签售会更是持续了近3个小时。

作家、文化名人的"加持"，为书展增色不少。也有来自大陆的作家参与现场活动，我就遇到了小说家徐则臣在现场做电台直播活动：那个大玻璃隔着的房子里头，一名美女主持人戴着耳麦，与同样戴着耳麦的徐则臣在做节目，直接看到人，直接听到音，这是最直接的直播了。

书卖得好，台湾媒体称之为"出版业业绩抢抢滚"。

出版不朽

台湾"商务印书馆"展位，挂着一个门帘，是个"商"字的造型图案，美观漂亮，我非常喜欢，若有出售，真想买个来挂到我家书房门上。

台湾"商务印书馆"是老牌出版社，前身当然是当年大陆的商务印书馆。他们展示在现场的一句口号让我过目不忘：出版不朽！

好的出版社，好的图书，好的书展，好的展位，这个不仅仅叫美丽，更是叫魅力。台湾"商务印书馆"展位，荣获了本年度"最佳展位设计奖"金奖。我说台北国际书展个个展台为什么都那么漂亮呢，原来今年有个首创，就是邀请全民一起通过APP票选出本年度"最佳展位设计奖"，颁发金、银、铜奖。这是为鼓励参展出版社美化展位、呈现文化性和出版特色，以引领读者进入各出版社风格独具的人文空间。评选是民众票选占60%、专家评审占40%，专家中还有来自法国的大师级国际评审。台湾“商务印书馆”不仅设计展位很有文化很用心，他们还把许多书给包上书皮，在上面手写了适合谁谁谁在什么情境下阅读等不同的推荐语，你看了会忍不住多买几本。

台湾的出版社众多，因为谁都可以成立出版社，登记一下就可以，不用审批；实力强的来参展，可以多租用几个展位，实力稍逊的可以少租用几个展位。我曾买到过“李敖出版社”出版的李敖的书，这次倒是没有在书的海洋般的书展上看到“李敖出版社”的展位，不知道有没有来参展；“李敖出版社”当然不只出版李敖的书，我曾买到他们出的《胡适语粹》。

有了“出版不朽”，才有“阅读不朽”。

新书进击

多年来，两岸的文化交流是比较密切的，越来越多的大陆作家在台湾出版作品；台湾也有出版社对我的书籍产生了兴趣，但我目前还没有做好去台湾出书的准备。这次我特意在书展上寻找刘震云的作品，绕了一圈终于在九歌出版社的展位上觅得。

九歌出版社的展位很有特色，一块块粗布悬着，上面写着指示语，比如“新书进击”。

既是新书“进击”书展，更是大陆作家“进击”台湾。展位最醒目的位置上摆着的是大陆小说家刘震云的《我不是潘金莲》和徐则臣的《耶路撒冷》。

其时《我不是潘金莲》的电影正引起热烈的讨论，九歌出版的《我不是潘金莲》一书，腰封上印着主演范冰冰戴着大斗笠的剧照。九歌出版社先后出版了刘震云的一系列小说，包括《一地鸡毛》《手机》《一句顶一万句》《故乡天下黄花》等。

在九歌出版社的展位上，我不仅遇到了徐则臣的台版《耶路撒冷》，还遇到了他本人——他是我徐姓本家呢。买了《耶路撒冷》，当场请他老兄在扉页上签名，他还特意写上了时间和“台北书展”字样，繁体字的。

遇见作家，或者遇见作家的签名本——签名本当然很有纪念意义，有的展位上专门将作家签名本集中摆放，我就买了台湾著名作家骆以军的签名本。

在书展上还遇到了《金庸传》，这是住在杭州的著名学者、我的朋友傅国涌所著的大作，是修订版，比此前在大陆出版的版本更加厚实大气。

再就是值得一提的《看见》。柴静的这本著作，当年在大陆由广西师范大学出版社出版后，一纸风行。柴静写自己在央视的成长史，写得好看。《看见》我是认真读过的，而且在浙大给新闻学子讲课时，属于“必荐书目”。《看见》的繁体版，先是有香港天地版，继而有了台湾时报文化版。台湾版本我较早就买到了，这回在台北国际书展上看见《看见》，属于老友重逢。

闭幕时刻

改变，从阅读开始。

2 月 13 日夜里 9 点多钟，已经过了全场闭展时间了，可现场依然有不少读者流连忘返。我沿着扶梯上到台北世贸中心的二楼，这里可以俯瞰书展的场景。

二楼是餐饮区，我一直待到夜里 9 点多，这时才想起来自己连晚饭都还没吃，这是典型的因沉浸而忘食。肚子开始咕咕叫了，赶紧到这里的“全家”便利店买了一份便当，三下五除二，狼吞虎咽下去了。

台北国际书展被称为“亚洲最盛大的文化出版盛事”。《中时电子报》

报道，本次书展大奖得奖名单最终出炉：

小说类包括马家辉《龙头凤尾》（新经典文学）、苏伟贞《旋转门》（印刻文学）、黄锦树《雨》（宝瓶文化）3 部作品；

非小说类则有魏明毅《静寂工人：码头的日与夜》（游击文化）、林于凯《公门菜鸟飞》（网路与书）及刘克襄《虎地猫》（远流出版）3 部作品；

编辑奖自制类，由行人文化实验室编辑团队以《透明的记忆：感受日常玻璃的温度》及《日曜日式散步者：风车诗社及其时代》获奖，非自制类则由群学出版编辑刘钤佑以《茶室交易》及《穷人的经济学：如何终结贫穷》获奖。

在闭幕记者会上，宣布 2018 年主题国是以色列——那是一个智慧的国度，一个让孩子爱上阅读的文化国家。在大陆出版的以色列的著作似乎不太多，我手头也只有犹太智慧书《塔木德》等寥寥几本。

在台北国际书展现场，我这只掉进米缸里的“米老鼠”，买了一大堆书，根本不可能一个人运回来。一部分由先期回家的妻子运回，小部分暂存在女儿在大学的研究生宿舍里，大部分是自己扛回来的——不对，最重的大部头，是通过邮政寄回的。

那是台湾阁林文创股份有限公司翻译出版的两部大书，差不多一个月之后寄到我家。邮政员工先是打电话来说有个“很重的东西”给送来，随后送到了，一开门是一辆平板推车，上面放着一个大纸箱。“台湾来的”，邮递员一边说一边颇为吃力地将它搬进我家家门。我将箱子搁到体重秤上：整整 22 公斤。

大纸箱里是两个小纸箱，小纸箱里头还有白色包装箱，打开白色包装箱它们才露出真容：一本《歌德建筑》，一本《神圣艺术》，是向欧洲购买版权翻译出版的图文并茂的精装大书，美极了。包装极为扎实，跨越台湾海峡、旅行近月毫发无损。书展最后那天下午，在阁林文创的展位上，我遇见了一大批这样的大书，属于让人爱不释手的那种。那位热情周到的售书女士向我热情悉心地推荐，让我下决心买了这两部书，购书款是 6,990 元新台币，相当于人民币近 1,500 元。事实上那是买一本书的价格，当时书展上“最后的优惠”是买一送一，我买的是《歌德建筑》，送的是《神圣艺术》。“歌德建筑”是台湾的译法，我们称为“哥特建筑”；《神圣艺术》还更厚重一些，是限量收藏版，总共印制、全球发行 5,000 本，我这本的收藏证书编号为 4987 号。即使加上相当于人民币 380 元的邮费，每册书也仅仅 900 多元人民币。

为什么我不多买一两套呢，眼光不够呗。

出版不朽，阅读不朽！书展有心，读者有福！明年后年大后年，读者诸君，有机会你一定得去台北国际书展逛逛呀！

静水流深诚与品

沉痛。清友先生的生命，忽然被死神带走。

2017 年 7 月 18 日晚间，台湾诚品书店创办人、董事长吴清友，在自己的办公室突然昏厥，经抢救无效逝世，享年 67 岁。1950 年出生于台南的吴清友，患有先天性心脏扩大症，曾几次与死神擦肩而过，他生前一共进行了 3 次大手术。死神这次竟然没有给他手术的机会。

吴清友是一位广受尊敬的真正的文化人；他的诚品书店是台湾的文化地标。“诚”与“品”之名，来自他的父亲。他父亲为人作保而受累破产，一下子从董事长变成回乡挑粪喂鱼的农人；从富有到贫困，父亲坚守一个“诚”字，诚以待人，并希望他的小孩将“诚”字作为生命中的信仰。所以，青年吴清友发达之后，要实现开书店的梦想之时，就想到以“诚品”命名之。这是全世界最佳的书店名称之一，较之于世界上最著名的品牌，也绝不会逊色。

这是诚的天空，这是天空之诚；这是品的天地，这是天地之品。

上善若水，上善必诚。

2015 年 11 月，诚品大陆首家旗舰店在苏州开业。融合书店、商场、居所的诚品复合式经营模式，为大陆带来文创整合新思维，即“文化融合、创意并呈”。“诚品是在一种理念之下产生，终极关怀是人，是生命，是阅读。阅读之于诚品，是一种信仰。”吴清友说，创立之初，诚品就提出“人文、艺术、创意、生活”的核心理念。他希望读者在诚品书店看见世界、看见自己。

事实上，吴清友创立诚品书店后连续亏损 15 年，后来才扭亏为盈。这背后，与其说是吴清友具有商业定力，不如说他具有文化定力。一般人别说亏损 15 年，就是亏损一年半恐怕都吃不消，早就将书店关张了。吴清友说：“没有商业诚品不能活，没有文化诚品不想活。”他蹚了商业这个浑水，就要享受它的泥浆。要营生、要过日子，这是大前提。好在吴清友在经营上走出了一条“诚品之路”，构建了一个多元复合的“诚品模式”，以此“能够利己、利他，继而能够利众生”。在一栋楼里，诚品书店是心脏，其他经营是包裹心脏的血肉躯体；在诚品书店里，书籍是载体，文化是灵魂。

文化人吴清友，静水流深。吴清友是文化和文化人的“清友”，以诚为品，有诚又有品。清友先生是一个具有大文化感觉的文化人，他的文化自觉、文化情感、文化美学、文化思想，深潜到对人类的热爱之中。因此他能把诚品书店做成生活的美学、文化的地标、心灵的境界。吴清友认为：书店，归根结底是养心性的地方；阅读，是一种精神上的“越狱”。我们读诚品，就是读吴清友，就是读文化。在这里，你可以看见书店和书店主人的文化品格：或旷达、淡然，或纤秾、沉着，或典雅、洗练，或绮丽、自然，或清奇、超诣，或飘逸、流动……“没文化不想活”，这正是一个文化人渗透到血液里的文化情怀。

人类为什么是万物之灵长，因为人类创造了一种文化、一种精神、一种品格，并以此走向永恒，这是这颗蓝色星球上伟大人类独一无二的发明。我们要向真正的文化人致敬！文化的经营者，最可怕的是自己没品没文化，还自以为是；而吴清友树立的，正是文化深度的标尺、文化高度的标杆。

收藏与艺术齐飞

这是杭商传媒举办的一次海峡两岸文化交流恳谈会，两岸 40 多位艺术家、收藏家、企业家欢聚一堂，进行文化交流恳谈，非常难得。

“一石一世界，一宝一天堂。”这天，我们在美丽的天堂杭州，遇见了“御见”，遇见了来自宝岛台湾的“御见”，遇见了“台湾御见绿宝石艺术馆”的林焕雄先生。这是我们遇见了非常宝贵的缘分。看到这些珍贵的宝石艺术品用 PPT 展示，我的感觉就是两个字——“惊艳”；相信去到台湾现场看了，更会感觉到“震撼”。御见绿宝石艺术馆是台湾首座国际级别的瑰宝博物馆，是用 30 年时光、两百亿新台币打造出来的。这是真正的“收藏与艺术齐飞，宝石共文化一色”。

珍贵的宝石，具有不言而喻的珍稀性、艺术性、文化性、养生与养心性，尤其是成为艺术杰作之后，进入艺术馆、博物馆之后，成了“非卖品”，几乎就是“无价之宝”。台湾御见绿宝石艺术馆将典藏的宝贝展示给公众看，是公益性的，属于“非卖品”，我们不去看，那真是亏大了。收藏界有句话——“过我目，即我有”，看过就是拥有！

我是浙江青田人，很正宗的，是林焕雄先生的同乡。在《杭商》杂志上，我看到了馆藏作品中来自我家乡青田的石雕作品，分外亲切。你看多美多漂亮！青田是侨乡、石雕之乡，欢迎大家到青田去走走看看。青田有一大批石雕艺术大师，一大批收藏家，也有一大批把宝石生意做得很大的商界高手。青田人很聪明，青田人特别爱“石头”。我知道，这些年来，他们从台湾大量购入宝石艺术品，尤其是鸡血石，把生意做得很大。当年台湾的朋友从大陆收购并保存了大量珍品，现在许多宝石珍品又回到了大陆。这是商业的交流，更是文化的交流。

在大陆，爱好收藏的队伍达到了 8,000 万人，比欧洲好多国家的人口还多。由于搞收藏的人太多，钞票也很多，藏品却太少，结果在收藏界出现了遍地假货的情况。有人说，这是“一群傻子在买，一群傻子在卖，还有一群傻子在等待”，其实是假货实在太多，傻子都不够用了。更可怕的是，收藏鉴定的圈子，水很深很浑，在利益驱使下，不少搞鉴定的专家变成了“砖家”，“鉴定之乱，无法无天”！美女主持杨莅在现场唱了“精美的石头会唱歌”，结果在有的地方却变成了“疯狂的石头”。

假的“奇石”背后，是假的“奇人”，人和整个社会环境乃至制度环境都有问题。人不对了，世界就不对了。曾是美国《纽约客》驻北京记者站站长的彼得·海斯勒（中文名何伟），在“中国三部曲”《寻路中国》《江城》《甲骨文》之后，出版了一本《奇石——来自东西方的报道》，揭露了大陆好多用石头弄虚作假的情形。

大陆的《新周刊》曾经出过一个专题——《台湾最美的风景是人》。台湾最美的风景是人，是人文，是文化，是传统。从参加这次文化交流的台湾艺术家、收藏家朋友身上，我们就看到了“最美的风景”。

宋楚瑜先生在为林焕雄先生编纂的《昌化鸡血石百件传记》一书作序时，曾经提到南投一位老艺师说过的一句话：“我创作她是一时的，之后拥有她也是一时的，但她的生命永远延续，是世世代代的人们所拥有的。”这位老艺师，不也是最美的风景吗！

最后我想说，收藏应该走过“三重境界”——第一重境界：见山是山，见水是水；第二重境界：见山不是山，见水不是水；第三重境界：见山还是山，见水还是水。“见山不是山，见水不是水”，那是体现出藏品的经济价值，也是应该的。但是，最终还得回归收藏品的本身，那是收藏历史、收藏文化、收藏文明。让我们向台湾收藏界的朋友学习，向林焕雄先生和他的太太陈毓璇学习，向“御见绿宝石艺术馆”学习，回到起点，回到本源，回归“见山是山，见水是水”的质朴，那是多么的美好！

余光中：蓝墨水的上游

“当我死时，祭我在长江与黄河之间；用十七年未餍中国的眼睛，饕餮地图，从西湖到太湖……”早在1966年就写下这一诗句的台湾著名作家余光中，于2017年12月14日10时多在台湾高雄逝世，享年90岁。

晚年的余光中先生离开台北，到台湾南部的中山大学任职。他的辞世，让海峡两岸都为之震动。一位在台湾就读的大陆学生在微信上说：“不免叹息，又一位文坛巨擘离我们而去，在这个缺少大师的时代。”一位台湾女诗人留言：“在淡水街上，知道这消息，差点跪倒。”

余光中先生说，“我的血管是黄河的支流，中国是我的中国”；余光中先生又说，“蓝墨水的上游是汨罗江”——这是1993年，他赴港参加“两岸及港澳文学交流研讨会”时所发表的论文的题目。是的，蓝墨水的上游是汨罗江，是屈原；我还说，蓝墨水的上游是乡愁。说到余光中先生，“乡愁”一定是一个关键词，这是避不开的，尽管他晚年不爱当众朗诵《乡愁》这一著名的诗篇。他的乡愁，可不是这一首诗而已，是家园的乡愁，是时空的乡愁，更是文化的乡愁、生命的乡愁。

余光中先生是一位望乡的牧神。他一生漂泊，祖籍福建泉州永春，1928 年重九日生于南京，之后从江南到四川，抗战胜利后回南京，又到上海及厦门，再从大陆到香港再到台湾，之后求学于美国，任教于香港，在台北居住多年，最终落脚于高雄西子湾畔。正是频繁的奔波迁徙、聚散离合，使他写出了大量的“乡愁诗”。

1971 年，他在台北厦门街的旧居内写下《乡愁》这首诗。乡愁是一枚小小的邮票，乡愁是一张窄窄的船票，乡愁是一方矮矮的坟墓，乡愁是一湾浅浅的海峡——每个意象都让人感受到用最美母语歌哭吟啸的灵魂。大道至简，因为至简，所以这首诗雅俗共赏，朗朗上口，一如李白的《静夜思》，能够传播甚广。“写乡愁只花了 20 分钟，但是这情感在我心中已酝酿了 20 年。”余先生说，“那时想到我的妻子、我的母亲、我的祖国。小小的邮票、窄窄的船票、矮矮的坟墓、浅浅的海峡，这些都表达的是淡淡的哀伤……”后来余光中见了西部“歌王”王洛宾，由王洛宾将《乡愁》一诗谱曲。另有《乡愁四韵》，则由罗大佑谱以感人至深的曲子：“给我一瓢长江水啊长江水，酒一样的长江水，醉酒的滋味，是乡愁的滋味，给我一瓢长江水啊长江水……”

爱尔兰诗人叶芝说：“与他人论辩，乃有修辞；与自我争辩，乃有诗。”诗是灵魂的独白，而乡愁与爱情一样，最能触动一个人的灵魂。由此，写乡愁的诗歌，是余光中作品中最优秀的一部分。其实余光中写乡愁，有诗有散文。他说：“散文与诗，是我的双目，任缺其一，世界就不成立体。”他的诗文，当属当代中国文学中最为精致的那部分。他还说，写作对他而言如呼吸般自然，“散文家无所依凭，只有凭自己的本色”。乡愁，就是余光中最重要的本色之一。作品里那内心世界，那心灵记忆，那私密心境，其大背景就是文化乡愁。他的乡愁诗文的代表作，还有《春天，遂想起》《记忆像铁轨一样长》《听听那冷雨》《五陵少年》《漂给屈原》《寻李白》《夜读东坡》《白玉苦瓜》《黄河一掬》等；而《登长城》

《访故宫》《嘉陵江水》《浪子回头》《成都行》《桐油灯》《小毛驴》等，则是化解乡愁的作品。

所谓乡愁，原有地理、民族、历史、文化等层次，毫无疑问，它应该是立体的。地理上的乡愁，只要一张机票；时间上的乡愁，却只有单行线，无法逆驶。余光中说：“地理的乡愁要乘以时间的沧桑，才有深度。两岸开放交流以来，地理的乡愁固然可解，但文化的乡愁依然存在，且因大陆社会的一再改型而似乎转深。”20世纪80年代，他曾在台湾出版了《我的心在天安门》一书，这书名恐怕是大多数人所想不到的。

在余光中的世界观里，台湾和大陆从来没有分离过。台湾和大陆同根同源、同文同种、同声同气，所以抱持“同心”之念是必然的。但他作为正宗的“外省人”，被台湾当地的一些人排斥也是必然的。在台湾文坛的历史上，余光中一度因为与政权靠得比较近而引发争议。在两岸交流打通后，他回大陆进行文化交流相当频繁，同样也引发不少人的侧目。余光中曾用一个比喻，表达了不同地域在他心目中的位置：“大陆是母亲，台湾是妻子，香港是情人，欧洲是外遇。”然而，很多时候其实就像他的散文名篇《听听那冷雨》里的最后一段：“前尘隔海。古屋不再。听听那冷雨。”三个意象，言简意赅，既怅然若失，又意味深长。

作家最终是要靠作品说话的。余光中的作品，在生活的深处、在人性的深处挖掘，深入浅出，雅俗共赏，尤其在人性层面最能引起大众的共鸣，所以在大陆受欢迎的程度可不是一般般。他的诗文，对于包括笔者在内的大陆一代作家乃至几代作家的影响，都是非常巨大的。当然，余光中先生的作品也不是每部都是精品，这就像李白的诗，不是每一首诗都好到让你易记并能够背诵。

乡愁中的余光中，在1992年第一次回到大陆，首赴北京；之后他几乎每年都会来大陆讲学、交流，被诸多大学聘为客座教授；他走过故宫、长城，到过杜甫草堂、武侯祠，去过东北三省，走上岳麓书院的讲坛，攀登泰山、游历桂林，重回母校南京大学、厦门大学……“两岸交流日，乡愁自解时。海峡隔两岸，不阻彩云飞。”2012 年冬至，余先生偕夫人回永春洋上村祭祖，参加“余光中文学馆”奠基仪式。文学馆借鉴永春乡村传统建筑风格，建在桃溪镇桃溪南岸，依山面水，环境优美，属于“望得见山、看得见水、记得住乡愁”的所在。

故地追寻，杭州更是重要之地。余先生被称作“杭州的女婿”，那是因为他岳父早年执教于浙江大学，他的爱妻范我存女士生于杭州，出生地和小学母校的名字都是刀茅巷，幼年时她在杭州生活了 6 年。所以余先生对杭州情有独钟，感念沉潜。他先后多次来到杭州，跟妻子一起“寻根”。我想象着：马友友的大提琴《归乡短旅》，优美而深情的旋律，是最好的背景音乐。2011 年春，余先生在杭州接受了浙江大学传媒与国际文化学院客座教授的聘书，从此成了一位“浙大人”，他还笑说自己“一结婚就和浙大发生了关系”。“在浙大，讲座是一张小小的门票，我在外头，余光中在里头。”当时网上有同学这样发言，可见余光中先生为浙大学子所开讲座的火爆情况。讲座中有个细节是，在读到自己为临潼出土的秦俑所写的诗作《秦俑》时，余先生唱起了《诗经》秦风中的《无衣》诗句，古老的调子，颤抖着唱出，让人屏气凝神，醉入史境。

次年金秋，余先生又一次来到杭州，在古老的大运河畔、拱宸桥边参加诗会，诗友们一起为他庆生。晚年的余光中先生身材消瘦，一副金丝眼镜，满头白发；他是谦谦君子，彬彬有礼，“像一个优等生”。后来他写下《拱宸桥诗会》一诗，诗中说：“茱萸的重九，不佩茱萸；登高的佳日，也未登高……钱塘一盛会，也令我晚年重九未虚度，何况更是在客中，在亘古的运河声里。”他赞美西湖：“它的美是永恒的。”他写下了《断桥残雪》一诗：“桥本不断，雪尚未来……就算桥真的断了，多少故事，与柳线争长，怎能就了断，一阵风来，皱了西子的妆镜……”

浙江毕竟在地理方位和文化心理方面与台湾很贴近。他的许多作品就是在浙江文艺出版社出版的；他与浙江的出版界、作家界联系紧密。我的家乡是浙江青田，一位同乡女作家在微信朋友圈里说："2012 年我随浙江省作家代表团访问台湾，余老先生作为当地代表，与我们会见、座谈、共进晚餐。谈话中，他表示自己知道并喜欢青田。85 岁的他思维敏捷，有君子之风，余夫人也是温文尔雅的大家闺秀气质。后来余老先生还专门为我家乡的《芝田文学》题词。"

如今，世上已无余光中，再怎么请也请不到了。诗人远行，诗文不远行。当华美的叶片落尽，生命的脉络历历可寻。对于丰沛的冬天，所有的凋零，都是盛装。正如余光中自己所说的："敢在时间中自焚，必在永恒里结晶！"

厉害的獒
——我读李敖

A

其实，我们真的应该平心说李敖。

B

2018 年 3 月 18 日上午 10 点 59 分，李敖在台北安然辞世，享寿 83 岁。

李敖的家属是通过台北荣民总医院发表新闻稿的。

这一天是“二月二，龙抬头”。乍暖还寒时候，最难将息。

岁数从来不饶人。李敖年纪大了之后，病痛不少。他 2003 年就得了前列腺癌，动了手术，身体情况有所好转。2015 年 11 月他得了肺炎，那次差点过世，他自认“跟死亡擦身而过”。2017 年 2 月，他被证实罹患脑瘤，所剩生命不多矣，加上肺炎恶化，开始住院治疗。在美国攻读博士学位的儿子李戡也紧急返台，李敖在妻子与儿子的陪伴下与病魔抗争。到了这天，终被死神带走。

台湾的文化大家，在余光中先生辞世之后，李敖也告别了。

面对死神，李敖的名言是：死不丢人，怕才丢人。

C

生于大陆，长于台湾，以笔为枪，谈古论今，嬉笑怒骂，幽默调侃，李敖驰骋台湾文坛半个多世纪。

李敖辞世，好友陈文茜以“哀。叹。”二字回应媒体，其词极简，其音极希，其念极深。

我见朋友圈刷屏，有赞有弹，两极分化。

“有才无德”说，“人渣败类”说，很快重现。圈友找出一篇学者傅国涌先生早先写的《李敖的真面目》，那是我当年看过的文章，说的是《文星》杂志创始人萧孟能与青年李敖的恩怨纠葛、官司成败，其结局是“李敖侵占罪名成立，入狱 6 个月”。其实，“李敖的真面目”准确的说法应是“青年李敖官司背后的真面目”。

对这个“真面目”，原生活·读书·新知三联书店总编辑、与李敖有 20 多年交往、为李敖在大陆出版了多部书籍的李昕先生，作了翔实的澄清：其实李敖是为萧孟能的结发妻子朱婉坚打抱不平。李敖和萧孟能、朱婉坚三个人本是《文星》旗帜下的患难之交。当时萧孟能另有新欢，要移民而甩掉结发妻子朱婉坚。李敖觉得这太不公平，他认为萧孟能的财产，至少应该留一部分给朱婉坚。萧留下的财产，有字画和房产。字画，原本就是给李敖抵债的，不能再算是萧的财产。两套房产，李敖想转移给朱婉坚。可有一套房子的按揭只交了一半，李敖和正相恋的胡因梦商量，先把这套房产转移到她名下，把房款付清后再转给朱婉坚。这时萧孟能回来了，要拿回这个房子，李敖说，我已经替你还清了一半房款，你要拿回去，钱要还给我。但萧不肯，就告了李敖。最后李敖被判刑6个月。原本这个官司李敖是不可能输掉的，输掉的原因就在于国民党借机打压李敖。胡因梦迫于国民党不让她演戏的压力而做了伪证，这件事导致李敖和胡因梦离婚。1988年，台北高级法院撤销了原判，李敖获得平反。

另外还有论者则极言："李敖是个以斗争为手段，以自由为面具，以知识为己谋利的刻薄聪明人，谈何大师；早年尚敢于斗争，后来则世故入骨，徒有表演。"

他的敌人说他"狂妄、张扬、跋扈、难缠、有才无德"，可是他的朋友说他"义气、豪气、侠肝义胆"。

人民文学出版社在2018年1月出版了《李敖自传》，在微信公众号推文中说李敖："他是著名的作家，台湾有名的政治犯，人人皆怕的诉讼大王；他是胡适的追随者，钱穆的学生，还是胡因梦的前夫，陈文茜的好友……""他独坐书斋、独步文坛、独立抗争；他狂放不羁、锋芒毕露、风流多情；他博闻强识、皓首穷经、纵横捭阖……"

我感慨：即使是一个非常普通的人，你把他所有的优点、好事集中起来，可以在报纸上发两个版面；同样这个人，你若将他所有缺点都集中写出来，也可以在报纸上发两个版面。

所以，面对不简单的李敖，我们需要平心而论。

青年李敖，是有不堪与人言者乎？晚年出镜，在蔡康永等台湾名嘴的节目里搞笑，这确乎不是什么"斗争"了。

然而，对李敖洋洋三千万言的文本的评析，应该是第一重要的。

惜乎鲜见对此的批评者。

D

“以玩世来醒世，用骂世而救世”，这是李敖处世的特点。

他常嬉笑怒骂，自称“五百年内白话文写作的第一、第二、第三名”，则属于“嬉笑怒赞”了，那是他为自己《独白下的传统》一书做的广告词，是故作惊人之语。他笑言：“中国现代作家学者，100年以后，有几个人能留下来？鲁迅算一个，胡适算一个，我算半个。”他还说，“台湾一共两件宝，一件是‘故宫’，另一件就是我”，则是一个老顽童的典型玩笑。

《李敖大全集》是他大部分著作的合集，当年大陆的中国友谊出版公司出版了几十本，我大部分都买来了，有“堆积如山”之感。

李敖本质上是文化人，是作家，是杂文家。作家依靠文本立身。李敖写杂文、随笔、评论，也写小说，也写人物传记，也做历史研究，等等——原本饱学之士，确乎纵横捭阖。

他有很多著作给人印象很深刻，比如《北京法源寺》《李敖有话说》《李敖快意恩仇录》《胡适研究》《胡适评传》《孙中山研究》《蒋介石研究》系列，《蒋经国研究》《中国性研究》《中国命研究》，等等。在台湾大学，李敖念的是历史专业，所以他其实是历史学者出身。

李敖在台湾还成立了李敖出版社，以出版李敖自己的书为主，也出版《胡适语粹》等书籍。我第一次在台湾买到《胡适语粹》，第一次看到“李敖出版社”字样，想着一个作家自己可以成立一家以自己名字命名的出版社，然后就哗啦啦出书，我还是挺感慨的。

在台北，我还曾买了繁体字版的《上山·上山·爱》《虚拟的十七岁》。李敖这类虚实结合的作品，读起来也挺有味道。其实李敖好色而不淫。

读他的书，你不难明白：他所反对的，正是你所反对的；他所追求的，正是你所追求的。

E

在李戡眼里，父亲就是个叛逆大王。

李敖笑“敖”人生，笑“敖”江湖。他说：“我的一生就是前无古人，后无来者。”

壮年的李敖，为文也好，处世也罢，让我想到的就是一只藏獒的形象。

李敖之敖，亦是藏獒之“獒”也。

“谈笑间樯橹灰飞烟灭”，厉害了，你的獒！

然而，在彼时的时代环境下，执笔如刀的他，宣扬自由主义思潮，反对国民党独裁，为争取言论自由而奋斗，最终吃了“叛乱罪”而进了监狱。

其实，这也不足为奇。台湾杂文家柏杨当年也是同样的命运。

这些话，反映了李敖的心声，呈现了他的性格：

“做弱者，多不得好活；做强者，多不得好死。”

“前进的理由只要一个，后退的理由却要一百个。”

“在暗室里，我要自造光芒。”

“有时解释是不必要的——敌人不信你的解释，朋友无须你的解释。”

“我自己绝不做伪君子、烂好人、中立主义者。如果我不能训练朋友如何做朋友，我愿训练敌人如何做敌人。”

“奋笔争自由是争自由的第一步，也是争自由的最后一步。第一步在使今人觉醒，最后一步在使子孙觉醒。这两步都不可缺。”

“对我李敖来说，我没有永远的朋友，也没有永远的敌人，只有永远的正义。”

…… ……

李敖特立独行，憎爱分明，怒骂嬉笑，桀骜不驯。很多人讨厌李敖是印象式的讨厌，反对李敖是印象式的反对，却不注意更不在乎他所写的文本以及论著资料的丰富和架构的严谨。

李敖被称为“文化狂人”。

他竞选过“总统”，当然他是闹着玩的；在5个候选人中，拍照片时他一定要站在中间，而且说出种种理由，于是只好让他站中间。

他当过无党籍“立委”，即民意代表，2006年他曾有一场精彩表演，仿佛行为艺术：他戴着防毒面具、催泪瓦斯以及电击棒上“立法院”，阻挡“军购案”闯关。他猛喷催泪瓦斯，大闹了一把，把对手呛得拔腿逃离。

毕竟这都是闹着玩的，李敖并不是什么高官政客。“文化狂人”本质也还是文化人。窃以为，对于文化人的一些缺点缺陷，该批评的批评，该宽容的宽容。

F

2005年9月，李敖终于“克服”所谓的“飞行恐惧症”，首次访问了大陆。

在北大、清华、复旦三所高校，他发表了“金刚怒目、菩萨低眉、尼姑思凡”的系列演讲，在当年产生了很大的影响。他对年轻人的演讲，是谓“播种子”。

这次大陆之行，名为“神州文化之旅”。他到北京故宫参观，受到“国宾待遇”，破例让他欣赏了五代时期顾闳中的《韩熙载夜宴图》、东晋王珣的名帖《伯远帖》、王献之的《中秋帖》摹本等。

阔别五年，李敖在2010年再访大陆，一家四口来了个“锵锵四人行”。这次他儿子李戡到北京大学念书。

8月30日上午李敖一家乘动车抵达杭州，入住西湖国宾馆，当即欣然题字："如此江山真可羡，欲将西子比西湖。"下午他抵达浙江省博物馆，欣赏馆藏名画黄公望的《富春山居图·剩山图》。这是浙博特意拿出来让他观赏的。他在台北"故宫博物院"看过另一半《无用师卷》，这下在他眼里两者"合璧"了。

在去年秋天浙博的一个特展上，展出了《剩山图》，笔者也曾在台北"故宫博物院"的一次特展上看过《无用师卷》，也是一次"合璧"。

李敖之后参观了岳庙和灵隐寺，都是杭州这座历史文化名城的文化意义之所在。

李敖本质是文化人，是中国文化熏陶出来的文化人；尽管他曾这样不客气地批评中国文学："我们的五千年文学史中，没有大气魄的诗、没有大气魄的剧、没有大气魄的小说，也没有大气魄的作品。我们没有好的表达法，没有像样的结构，没有不贫乏的新境界，也没有震撼世界的文艺思潮。我们的'文学'，至多只是在一首小诗、一阕小词、一段小令、一篇小品、一个小故事里打滚，我们'足以自豪'的任何作品，在新世界的文学尺度下，都要打回票……"

次日他乘动车返回上海，给杭州留下了一句话："何日君再来？"

然而，他终归是不能再来天堂杭州了。

G

李敖是饱学之士，满腹经纶；他有着无与伦比的收集材料的天赋以及用心。

他总是随身带着本子，把听到的东西记下来。在杭州，他就常常掏出小本子做记录，在刘庄，有人告诉他一块太湖石上有吴昌硕的题词，李敖很有兴趣地听完介绍，就掏出小本子记上了。

我正是通过李敖而得知，台湾光复后的第一家银行——“台湾银行”，是陈仪题写的。后来我在台湾买到作为纪念币的旧台币，果真看到上面印着的“台湾银行”4个字，正是陈仪的圆润的书法字体。再后来，恰好要为《都市快报》的“档案时空”栏目写一篇长文章《陈仪悲歌》，我就把这个细节写进去了。

在李敖辞世数小时后，我的台湾朋友、文化导游袁介虎先生，即发来图文信息：午后的台湾媒体，纷以新闻悼念大师。

我想起第二次“抱团台湾游”之际，在台北“故宫博物院”，袁介虎先生做导览介绍，他讲到有幅字画当中有个“且”字，是男性生殖器的意思。当时我说，我读过李敖的文章《且且且且且》，就是说这个事的。李敖的文章认为，在甲骨文、金文中，表示男性生殖器的文字即是“且”，“古文‘祖’皆‘且’字”，到了小篆出现后在“且”字旁边加上“示”字旁，成为“祖”字。

李敖博闻强志，记忆力惊人，而我属于记忆力很差的人，但有一个情景，我记忆犹新：很多年前，在我家边上博库书城的大厅，我看到两个戴眼镜的小伙子站着翻书，翻李敖的一本书，翻到一页，上面正是李敖讲自己在牢里看到两个美女的裸体照片后他自己的行为……这文章我之前看过，具体细节因少儿不宜这里略去；结果这两个小伙子当场笑而喊了一声：“李敖这个流氓！”估计李敖大叔听了会大笑。

H

李敖看似放浪形骸，实则脚踏实地。

李敖不仅写文章，而且上电视，凤凰卫视开设了《李敖有话说》栏目，把他的搜集资料的功夫和一流口才表现得淋漓尽致。

可以肯定的是，李敖的学问不是假的，而是真的；不是死的，而是活的；不是虚的，而是实的。

他说话也好，写文章也好，常有连珠妙语，比如这些：

“有人以为现代文明取消了牛马，代替以汽车。殊不知现代人要先做牛马，才能坐上汽车。”

“因为不了解而结婚，因为了解而离婚。”

“谈恋爱是以自欺始，以欺人终；搞政治是以欺人始，以自欺终。”

“铁杵能磨成针，但木杵只能磨成牙签。材料不对，再努力也没用。”

“传奇人物自有他的弱水三千，而不止于一瓢；自有他的取舍，而不同于世俗的得失。”

…… ……

I

晚年李敖住在台北阳明山的书房，过着很清净的时光。

我去过阳明山很多次，常常想这李敖大叔就在这山上，陈文茜家离他那里很近。我当然没有机会去会一会李敖，后来是通过凤凰卫视主持人鲁豫深入李敖之家的访谈之时，见到了李敖居所的场景。

印象最深的是，李敖对鲁豫说书放不下，剩下的放到他老妈那边的房子里了；还有就是他严控自己的饮食，比如花生米每次只吃 3 颗什么的；还嘲笑意大利歌唱家帕瓦罗蒂大吃大喝，最后得胰腺癌死了。

李敖大约没想到自己也会罹患恶性脑瘤。

死亡是每个人都绕不过的，所以我们需要“向死而生”。

先是传来台湾知名作家琼瑶关于“安乐死”的消息，她给儿子儿媳写了一封公开信：预约自己的美好告别。然后就是李敖的，他发出一封“绝笔信”，他用一档网综《再见李敖》与这个世界告别：“想和我的家人、友人、仇人再见一面做个告别，你们可以理解成这是我们人生中最后一次会面，‘再见李敖’之后再无相见。”

回到开头李敖那句名言：死不丢人，怕才丢人。

在一次演讲会上，李敖表示将自己的遗体捐赠给台大医院，要求把他这个骨头架子吊在医院的骨科里。他说：

“因为你们恨我入骨，要是有人来看看我李敖就在这里，你们看到我终究露着骨气，所以，你们永远可以看到我的骨头，我的骷髅在这里啊。”

从《看见台湾》看台湾

这是吴念真先生在纪录片《看见台湾》中念的旁白：

有一个人，他是台湾第一人，
用飞行的方式记录下我们的土地。

这是我们的岛屿、我们的家。

我想从来没有一个人，
可以用像鸟一样、
像一片云一样的高度，
去认真地观察台湾。

这样的一个角度和高度，
你才可以真正地去理解台湾、

理解她的美丽和哀愁。

《看见台湾》，
齐柏林就是用那样的高度，
带我们去看台湾、去理解台湾，
甚至去爱台湾。

《看见台湾》，
看见台湾的美丽和哀愁。

A

台湾让我佩服的人当中，齐柏林是一个。

2013年11月13日，时任台湾“行政院长”的江宜桦，邀请青年学生一起走进影院，观看齐柏林的纪录片《看见台湾》，结果被台湾“清华大学”女生孙致宇丢鞋抗议。当时在一个小小仪式上，江宜桦刚致辞完，“红白拖”从天而降，差点砸中他。一张现场新闻图片，成了我教课的案例，个中有3点让我佩服：一是台湾记者好敬业好厉害，拖鞋飞行过程也就一秒钟吧，抓拍到了；二是台湾女生好胆大好厉害，直接就把拖鞋向大官儿扔过去；三是江宜桦好沉静好厉害，他处之泰然，当场说：“如果有什么诉求，可以直接陈情拿给我。”

孙致宇扔拖鞋，跟齐柏林的《看见台湾》完全不搭，而是声援华隆自救会员工；孙致宇后来被士林地方法院简易庭依违反“社会秩序维护法”，裁罚5,000元新台币（约1,000元人民币）。

江宜桦夫人李淑珍陪同观影，在电影结束时激动落泪。江宜桦步出影厅时，跟旁人说，“我老婆是很容易感动的人”。江宜桦发表观影感言时说，他感到震撼与感动——导演齐柏林把台湾最美好和最伤痛的一面记录了下来；他看到导演用感情和镜头，呼吁更多的人用心呵护这片土地；这是导演最温柔、最敦厚的提醒，告诉我们每一个人，要怎样看待我们的生活和未来，对子孙作出交代。

这几句话很到位。马英九也感谢齐柏林拍了《看见台湾》，原因是“人民对整治环境的期待，成了政府解决问题的后盾，政府可以借力使力”。

B

2013 年《看见台湾》在台湾上映的时候，我没有赶上去看。后来到诚品书店找 DVD 碟片，第一次看到的还是先期出版的音乐 CD——《看见台湾》的音乐是交响诗，完全可以单独聆听。之后再一次赴台湾，到诚品书店信义旗舰店，首先直奔音像制品的地盘。这回有了。什么叫心心念念，什么叫念念不忘必有回响，这就是。后来还很意外地在大陆的购书网上，买到齐柏林讲述人生经历和拍摄《看见台湾》经历的书——《我的心，我的眼，看见台湾》。

“齐柏林”，这个名字好记吧！他跟德国首都没有关系，但是，恰巧德国有位飞行员也是这个名字。齐柏林的父亲来自河南，当年给儿子取这个名字的时候，当然不知道有这样一个人存在。

齐柏林爱摄影，爱蓝天，爱飞翔。把这些结合起来，就构成了“空拍”——这是台湾的叫法，大陆叫“航拍”，一个意思。对齐柏林最简明的介绍是这样的：“齐柏林因为对摄影的热爱，于 1988 年开始，历任商业摄影助理、杂志摄影师。从 1990 年起服务公职后，开始负责在空中拍摄台湾各项重大工程的兴建过程。此后，便长期从空中纪录台湾的地景。先后从事空中摄影超过 20 年；空中摄影飞行时数超过 2,000 小时；累积空拍照片超过 70 万张……”

还有一个“超过”，应该是纪录片《看见台湾》的水准超过了海峡两岸任何航拍纪录片的水平，与法国雅克·贝汉执导的纪录片《迁徙的鸟》，构成了东西方航拍纪录片的双峰。

C

想不到的是，齐柏林其实有恐高症。2009 年，著名的“8·8”风灾，台湾山林受到极为严重的创伤，齐柏林乘着直升机飞入灾区拍照，看见满目疮痍，“眼前是宛如世界末日的骇人景象，高屏溪密密麻麻都是森林尸体，飞机在雨中滑行，我分不清脸上是雨水，还是泪水”。那一刻，他下定决心，要以“神的眼睛”，拍一部关于台湾的航拍电影。

上升到“神的高度”，齐柏林才知道台湾的生态环境“病”得有多严重！而人类自以为是建设的，对自然常常却是破坏的！

齐柏林拍《看见台湾》，那真叫“筚路蓝缕”，不过他不是“以启山林”，而是“以启蓝天”。2010 年他开始投入拍摄的时候，困难之大，他人无法想象。

首先就是时间精力问题。他作为公务员，再过 3 年就可以退休，可以拿到不菲的退休金了，如果辞职，那么这些福利待遇都将泡汤。可是，他“抵不住一片云的力量”，又担心等待 3 年之后激情丧失，所以，他破釜沉舟，放弃公职，毅然决然投入《看见台湾》的拍摄。

第二个就是经费问题。航拍器材价格昂贵，在台湾直升机 1 小时租金将近 10 万元新台币，那真叫“花钱如流水”，那真是“时间就是金钱”。齐柏林将自家房产抵押出去，筹集启动资金。然后去“化缘”，以得到公益性的经费支持。他到国外购买了近 3,000 万元新台币的航拍设备，其中很重要的是有高水准均衡陀螺仪稳定器，避免直升机飞行过程中出现抖动，以保证画面质量；那时无人机还不像今天这样流行，齐柏林还是购置了一套完整的系统，花了 56 万元新台币，但只能在超低空、人口稠密区域飞行。而在画面质量、构图、稳定性方面，毕竟直升机要好得多。《看见台湾》的航拍时间约 400 小时，仅租用直升机一项就花去 4,000 万元新台币（约人民币 800 万元）。整个拍摄前后花了 3 年，共耗资 9,000 多万元新台币，逼近 1 亿了。

第三个就是天气问题。天气对于航拍来讲，绝对是巨大的挑战。每次升空，齐柏林都很焦虑。“台湾能见度好的天气不多，多数时间我们都在等待；即便升空，为了保持图像稳定，我们还要与强大的气流搏斗，拍摄过程很危险。这些问题让我沮丧。在等待的时光里，我常常不耐烦，但有时转念一想，这何尝不是证明了人类的渺小呢？”一方面是面对大自然“抵不住一片云的力量”，另一方面则是面对保护环境的重任大责，“抵不住一片云的引力”。

第四个就是协作问题。作为一部纪录片电影，《看见台湾》只有齐柏林一个人那绝对是不行的。他去拜访求助“大腕”，幸而得到好多原本熟悉或不熟悉的“大腕”的支持帮助。大导演侯孝贤同意出任监制，这个“靠山”很要紧，有他就容易“化缘”啊！担任配乐的是新加坡的何国杰——何老师凭借电影《赛德克·巴莱》的音乐斩获金马奖最佳原创音乐奖；音乐演奏，是由捷克布拉格交响乐团完成的。“老炮儿”作家吴念真出来念旁白——他对齐柏林说，他旁白的收费方式有两种：一种是很贵，一种是不要钱。对经费上捉襟见肘的齐柏林，免费！

D

吴念真旁白一开始就说到了两个关键词：美丽和哀愁。《看见台湾》的基本结构，就是美丽和哀愁两大部分，欲抑先扬。《看见台湾》前面的

20 多分钟，是台湾美丽的展示，飞得那么高那么惬意，看得那么漂亮那么爽。我做《阅读台湾》或《幸好还有台湾》讲座的时候，喜欢播放 20 分钟来暖场。

这是壮阔的鸟瞰。从高山、海洋、湖泊、河流、森林、稻田、鱼塭、城市等一窥台湾全貌。齐柏林让大家看见两个台湾：一个是美丽的台湾，奇伟的山岭，瑰丽的海洋，及阡陌纵横间辛勤的农夫；一个是哀愁的台湾，山壁崩坏，地层下陷，槟榔树与高冷蔬菜喧宾夺主，河川五颜六色。“别惊讶，这是我的心、我的眼，所看见的台湾。这片土地，是我们的家。当你看见这片土地的美丽与哀愁，才能真正祝福她。”影片的潜台词就是：不要使哀愁的台湾侵害了美丽的台湾！

从“美丽”而转入“哀愁”，是一场空中看到的台风雨。然后是水土的流失、环境的破坏、人为的污染：入海口，黑色的浓稠河水涌向大海，与未被污染的海水泾渭分明；工厂在下雨天偷偷排放污水，把河水染成了红色；过量抽取地下水导致地面塌陷，嘉义县东石乡陵园浸泡在水中；传统景区阿里山看日出的观景平台不远处，山体有一大片崩塌，随时有滑坡危险……“哀愁”是个文学用词，说环境问题用“哀愁”一词，倒也没有很准确。有关“哀愁”的场景，这里就不展开说了，朋友们一定要自己去看影片。

最后部分是相对简略地提出“怎么办”，也突出和褒扬了民众个人的努力：

苗栗后龙湾的洪箱女士，就是台湾人与自然和平相处的代表。洪箱用轻松的心情务农，用快乐的方式照料瓜果，用安全不施农药的方式耕种，因为她知道保护好土地才可以与子孙长远相伴。

宜兰的赖青松，高学历的他最后放弃大家看好的事业前景，而选择在宜兰当一名农夫，回归自然生活。他以有机的方式种稻米，更推广“自己种稻自己收成”的观光休闲方式，让人们重视农耕辛苦，进而了解环境无污染的重要……这个跟我的前同事、青年作家周华诚很像，周华诚君就是放弃了报社的职务，下田种稻米并且写稻米去了，浪漫得不要不要的。

“玉山白雪飘零，燃烧少年的心。”极富象征意义的是，片尾的重要情节是，孩子们登上台湾最高峰——海拔 3,952 米的玉山，集体跳着唱着，童声之美，一如天籁……

E

90 分钟的影片，让人不忍错过一分钟。

2013 年第 50 届金马奖，《看见台湾》获得最佳纪录片奖。

第 47 届休斯敦国际影展，《看见台湾》获得评审团最佳纪录片奖。

《看见台湾》在 2013 年 11 月 1 日正式上映，首周就拿下 1,100 万元新台币，最终在台湾取得 2 亿元新台币（约 4,000 万元人民币）的极佳票房。

台湾媒体评论说，《看见台湾》中的影像震撼人心，掀起了关注台湾环境的“宁静革命”。台湾地球公民基金会执行长李根正说，台湾数十年来对环境教育、本土认识太过空洞，尽管环保团体不断揭露环境问题，却很难进入民众脑海，这部影片开启了新的视野，能让许多人重新看待环境。慈济基金的证严法师呼吁：“环保生态的问题没有边界，全世界的每一个人都应该看《看见台湾》。”

《看见台湾》主题曲《看见》里唱道：“拿得那么多，还得那么少，如果还有明天，能不能让伤口愈合，能不能还大地光芒……”生态环境破坏具有“不可逆性”，我们今天呵护土地，土地才会呵护我们的子子孙孙。

看见齐柏林

没有任何征兆。

周六休息在家，下午打开凤凰卫视，看见“台湾花莲直升机坠毁三人死亡”的字幕；随即在澎湃新闻网看到“航拍直升机坠毁”的“航拍”二字，我立刻有了不祥的感觉，会不会是齐柏林！然后马上就看到了澎湃新闻网另一条消息，正是齐柏林！我立刻在微信微博上转发这个痛彻心扉的晴天霹雳——呀，真是齐柏林遇难了啊！！！

这是公元 2017 年 6 月 10 日。

齐柏林！

齐柏林！！

齐柏林！！！

A

报道说，10 日上午 11 时，台湾花莲县丰滨乡一架直升机掉落山中。

机上 3 人罹难，他们分别是纪录片《看见台湾》导演齐柏林、齐柏林的助手陈冠齐、机师张志光。

而就在两天前的 6 月 8 日——特意选择的“世界海洋日”，齐柏林举行开镜记者会，宣布《看见台湾Ⅱ》航拍纪录片开镜。

我立刻上到中时电子报网站，头条就是齐柏林遇难的消息，连续报道一条条刺目锥心的消息：14:50《预计飞 5 国 齐柏林花莲断魂》，15:12《讨论拍雾霾 彭启明悼齐柏林》，15:16《8 日记者会 看见台湾Ⅱ成绝响》。

曾经协助拍摄《看见台湾》的直升机驾驶员陈秀明，2015 年 11 月在新北市泰山清洗电塔时，亦因坠机不幸罹难。而凌天航空成立 23 年，先后已发生过 5 次空难。这次凌天航空说：“今天确实是支援齐柏林拍花莲长虹桥的景象。”

在 6 月 8 日的开镜记者会上，齐柏林宣布，《看见台湾Ⅱ》将以全新的目光看待台湾，执行“跨海空拍计划”，将台湾设定为“女主角”，范围扩及大陆及日本、新西兰、马来西亚等地，更将潜入海底，窥探海洋风貌。《看见台湾Ⅱ》预计 2019 年正式上映。

哪想到，出师未捷身先死，齐柏林！

B

生于 1964 年的齐柏林，只比我大两岁。

我缓缓打开中国地图出版社出版的台湾地图，找到花莲县的丰滨乡，就在大海边，是台湾东部海岸的正中间位置。

张雨生《大海》的歌声立刻在我耳边响起：“从那遥远海边，慢慢消失的你，本来模糊的脸，竟然渐渐清晰。想要说些什么，又不知从何说起，只有把它放在心底……”

在一年前，我曾写过一篇长文《跟着齐柏林，看见台湾！》，发表在我当时的微信公众号上。《看见台湾》，我已记不清看过几回，也数不清在有关“阅读台湾”的讲座上讲过几次了。《看见台湾》拍成后，齐柏林曾说：“我跟台湾的土地谈了一场恋爱。”在今天，这是从天空扑向大地，这是彻底融入大地的爱了呀！

爱她，就要呵护她。所以齐柏林的《看见台湾》是一部美丽且哀愁的环保大片，荣获金马奖最佳纪录片奖，实至名归。这是一部“人见人爱，花见花开”的纪录片。而《看见台湾Ⅱ》选择在6月8日“世界海洋日”开镜，无疑又是齐柏林恋爱与呵护的结果；再早3天的6月5日，正是“世界环境日”——联合国设立这些活动日，可谓用心良苦，齐柏林是最佳的践行者，是真正的环保公益大使。

这是台湾媒体的评价，简明而到位：齐柏林不仅仅是一位导演、摄影师，更是一位环保教父，致力于倡导环保，唤醒大众对环境的重视。他更为了拍摄《看见台湾》，辞去公职、散尽家产，四处筹措资金，以不同的视角拍摄出台湾的美丽与哀愁，让大众看见台湾毁天灭地的创伤，让世界看见台湾。

这就是齐柏林与任何“戚戚于名利，汲汲于富贵”的人的不同之处。

C

齐柏林具有的是“山地文化”和“海洋文化”的双重品格：山地文化，意味着实干苦干，具有吃苦精神；海洋文化，意味着敢闯敢干，具有冒险精神。

在开镜记者会上，齐柏林说，有人曾问他是否会继续记录台湾，他曾感到犹豫，也曾因太多人的期许承受着巨大压力，一年半前才下定决心开拍：“我觉得还有能付出的空间，想再度运用空中摄影贡献社会。”与简易的无人机不一样，载人直升机飞得高看得远，可以更好地掌握角度，是真正的“全画幅”，而且这次是4K超高清的拍摄规格。

齐柏林预计花费一年半时间，斥资1亿元新台币制作费，其中仅引进在航拍中起稳定作用的陀螺仪稳定器，就耗资2,000万元新台币，这是靠《看见台湾》剩下来的结余买的。

火焰在火里，海在海洋里。不仅上天，而且入海，齐柏林同时引进了电影级的海底摄影器材，要让人看见丰富的海底生态，并且一睹海洋垃圾问题和日渐恶化的海洋环境。

台湾四面环海，海洋的生态环境尤显重要；海洋垃圾会随着洋流漂流，与相邻国家、地区互为影响。齐柏林此前去日本勘景时，特别飞到福岛上空，拍摄了地震引发核灾的现场。他是第一个争取到可以在5公里外、以千倍望远镜头、在灾区上空航拍的外籍导演。

“可上九天揽月，可下五洋捉鳖”，本来我们每个人都是期待齐柏林“谈笑凯歌还”的……

D

“你见过什么样的中国？是960万平方公里的辽阔，还是300万平方公里的澎湃？是四季轮转的天地，还是冰与火演奏的乐章？”这是今年春天在中国中央电视台开播的《航拍中国》的导语。

“300万平方公里的澎湃”，说的就是我国的海洋国土面积。

当第一季第一集《新疆》播出时，我第一时间收看，我当时就说，哇，这是学习齐柏林《看见台湾》的成果。

果然，齐柏林说，央视拍《航拍中国》时，也曾与他进行交流，“大陆是很大的经济体，有很多资金、资源投入空中摄影领域，发展快速”。

作为大型航拍系列纪录片，《航拍中国》共计要拍摄34集，这是前所未有的空中旅行。第一季6集，分别拍新疆、海南、黑龙江、陕西、江西、上海。为了这一季，动用了16架载人直升机、57架无人机，先后拍摄了一年，总行程近15万公里，相当于环绕赤道4圈，积累了大量珍贵的4K空中影像。

齐柏林认为，大陆称霸世界的绿色能源，是台湾未来可以仿效的能源解决方案；而北京治理雾霾的各种措施，也是台湾改善空气污染的借鉴，这些本都会一一收入《看见台湾Ⅱ》。齐柏林不讳言，在两岸关系阻滞的此时，希望通过《看见台湾Ⅱ》，让两岸有更多的相互认识与了解。

而在这之前，齐柏林曾来到上海"一席"现场，从容讲述《看见台湾》拍摄的甘苦，现在重温这个视频，那音容笑貌更见亲切，看之听之，如沐春风。

两岸的文化交流，是多么的可贵。文化血脉是最无法分割的。春风化雨，文化化人；野蛮导向战争，文化导向和平。都是骨肉同胞，战争没有赢家，和平没有输家。齐柏林，是两岸文化与和平的使者。

E

然而，大陆介绍齐柏林还是太少。在航拍《看见台湾》之前，齐柏林是以航拍照片为主的，在台湾已先后出版了30多部摄影作品集，但在大陆还没有看到有出版社出版他的作品。

好在有网络。进入网上"爱台湾吧"，这里是齐柏林空中摄影的资料库，无数美丽无边的航拍照片扑面而来。

这里精选了齐柏林空中摄影的10万张底片、数十万张数码照片、近2万分钟的影片素材；在这里，你可以找到台湾最全面的空中记录。

齐柏林的"天空之城"，是这样的广阔！

今年2月，我在台湾台南的诚品书店，异常幸运地买到了齐柏林《岛屿奏鸣曲》一书的限量签名本。当时我就在微信微博上刊发了他在书籍扉页上的签名照片，黑底银字，那当真是大气潇洒漂亮的签名啊！

如今于我而言，这是多么珍贵的一本书！当时我应该至少买两本啊，《看见台湾》DVD 我就买了两盒。有了复本，便可一以观看一以收藏，我那时怎么就没走心走脑啊！

《岛屿奏鸣曲》是齐柏林 30 年空中摄影精品集。这是 70 万帧影像中精选出的 123 帧经典作品。吴念真说，当《看见台湾》已然成为一种“公共资产”的时刻，这本全新的书仿佛是他个人珍藏和心情笔记的首度公开。

齐柏林飞翔在天上，寻觅与自然共生共存的角度。书中诸多照片所拍的景物，我是在地面上看过的：成功大学的百年榕树、台南赤崁楼、高雄左营的莲池潭、台北 101 大楼、彰化鹿港小镇的龙山寺、万人泳渡的日月潭、北投关渡湿地红树林、垦丁公园、野柳女王头、台中高美湿地、花莲太鲁阁峡谷、清水断崖、阳明山公园、垦丁鹅銮鼻、高雄港、宜兰头城镇龟山岛、高雄 85 大楼、雾峰 921 大地震地貌、地震前后的日月潭拉鲁岛……

一页一页翻过，许多简洁的诗化语言镶嵌其间。航拍摄影家也是热爱大地与生活的诗人。

F

对于航拍摄影家来说，危险从来就是一位熟悉的伙伴，如影随形。

齐柏林的不幸罹难，对齐柏林的亲人和朋友以及热爱齐柏林的人们来说，痛苦的打击是沉重的、持久的；而对宝岛台湾来说，这位优秀的大地之子的离去，是难以弥补的损失。

想起当年美国“挑战者号”航天飞机失事后，罗纳德·里根总统的演讲《真正的英雄》，结尾是这样的：“我们所能找到的唯一安慰是，我们在心里知道，飞得那样高那样惬意的你们，在星际之外找到了上帝许诺以不朽生命的归宿。”

今天的齐柏林也一样。

在《岛屿奏鸣曲》中，齐柏林曾写下这样的语句：“经过快门的一刹那，即为历史，今与昔，远和近，存在或过去……任凭时光流转，岛屿变迁，我们永远等候下一个自己。”

我们永远等候下一个自己！

齐柏林，在航拍作品中永生！

到台湾读大学

作为家长，我在微信微博上晒出徐鼎鼎同学新学期的课程表，收获一片点赞。一位杭州大妈点赞之后说：我也想到台湾读大学！

女儿徐鼎鼎，台湾中国文化大学文学院大三学生，所学专业是中国古典文学。中国文化大学在台北阳明山上。这个现在有两万七千学子的私立大学，著名校友有三毛、几米、蒋勋……

台湾的大学，专业课程设置丰满而纯粹。中国古典文学本来就博大精深，大学四年，如果让诸多无聊的、似是而非的课程占去了时间、耗费了精力，那就亏大了。徐鼎鼎同学的课表上，除了体育，没有跟专业无关的课程。

宝岛台湾，人口 2,300 万，土地面积大概只有杭州、绍兴和宁波加起来那么大，却有大学院校 148 所，年培养 4,000 多位博士、6 万多位硕士。这叫大学院校多到学生不够用。台湾对教育的重视，是一以贯之的，好的教育传统传承下来了，教育文脉没有断。教育活下来了，那是活着的、活的教育。

除了较早就有的交换生，台湾开始向大陆招收本科生、硕士生、博士生，那是2011年的事。一开始并不容易。公立大学只招硕士生、博士生，私立大学才允许招本科生；除了名额，还有各种条件的限制，比如招生的地域，只限于六省市——北京、上海、江苏、浙江、福建、广东，后来才增加了湖北、辽宁二省。大陆学生也有不踏实、感到心里慌兮兮的，有的报名了，录取了，可最终还是放弃了。2011年，最后仅仅有928位大陆学生正式赴台就读本、硕、博。可是，大陆高考报名人数，连年都是大几百万，2014年达到了939万人，这是个什么比例！

后来，本科生是参加大陆高考，提前批录取；研究生按相关条件申请，不用考试。首批928名大陆学生中，就有我的记者同事、湘妹子蔺桃，她在台湾师范大学东亚学系读研。在台湾，她与老师学友合著出版了一本《陆生元年》，繁体竖排，印装精美。这本《陆生元年》，是了解在台大陆学生、了解台湾教育文化、政治社会的一只“海底窥镜”，可以穿越台湾海峡。

到了2014年，台湾公立大学终于首次开放对大陆招本科生，尽管名额非常有限。台湾头号公立大学，当然是台湾大学，这是全台湾规模最大的研究型大学，向来有“台湾第一学府”之称。我曾在蔺桃的带领下，到台大主校区游览过一回，瞻仰了著名的“傅斯年钟”。这“傅钟”是台大的象征，每节课上下课会响21声，因为傅斯年说过：“一天只有21小时，剩下3小时是用来沉思的。”台大的占地面积大得惊人，由此可见社会资源注入之多，也可见台湾对高等教育的重视：台大拥有台北市境内的四大校区，还有在台中地区的生物资源暨农学院实验林，全校累计占地面积，竟然达到全岛陆地的百分之一！一个台湾大学就占走了百分之一，当然这是特例，另外的大学院校尤其是私立大学占地面积并不以大著称，但毕竟还有一百多所院校，合计的地盘不算小。

大学受人尊重，自有内在道理。到了大学里，人文环境的熏陶往往比知识的汲取来得重要。

“一个人遇到好老师是人生的幸运，一个民族源源不断涌现出一批又一批好老师则是民族的希望。”在历史长河里，台湾的好老师没有中断过。在 2013 年新年，徐鼎鼎曾收到一位老师派发给她的红包，里头除了百元新台币，还有一张手写的朴素贺卡：“亲爱的鼎鼎：你可以问鼎学问，亦可以驰骋天下，祝福你。”

可爱的律师爹

在台湾读研的女儿通过QQ发来一张照片，说："灵心导师的女儿考到了律师资格证，他就把办公室门口的铭牌给换成这样了！"并附了3个"笑煞人"的QQ表情。

照片拍的是挂在门口的两个小牌子：上为木制，印着"教师研究室"；下为铁制，刻着：

律师爹兼中国文学系特聘教授

陈益源 博士

我秒回说："哈哈哈，律师爹原来是这个意思！也是超幽默啊！"

我妻秒回说："最主要的是他可以随心改，学校不干涉。"

女儿徐鼎鼎在台湾成功大学中国文学系念研究生二年级，陈灵心是她的同学，陈益源教授是灵心同学的硕导。小美女灵心也是大陆学生，来自广东，今年暑假来杭州玩儿，住我家里，跟徐鼎鼎同学是闺蜜。徐鼎鼎研读的专业是先秦文学，陈灵心研究的方向是明清小说。那么，陈益源教授呢，"百度百科"有简介：

陈益源，台湾彰化人，文学博士，现任台湾成功大学中文系主任、教授，兼任国际亚细亚民俗学会副会长、台湾中国民俗学会理事兼秘书长、台湾叙事学学会常务理事等职。已出版了二十多部学术专著，现正执行“东亚汉文学与民俗文化之调查、整理与研究”“南台湾地方传说研究”“澎湖县地方传说之采录与研究”等多项研究计划。

“百度百科”常常是老掉牙了也不修正，这个介绍看起来也有点老，因为里头列举陈益源教授出版的著作，最新的年份是2002年的！其中在大陆出版的列举了以下5部：

1996年，《从〈娇红记〉到〈红楼梦〉》，沈阳：辽宁古籍出版社

1999年，《古代小说述论》，北京：线装书局

2000年，《小说与艳情》，上海：学林出版社

2001年，《民间文化图像——台湾民间文学论集》，南宁：广西民族出版社

2002年，《元明中篇传奇小说研究》，北京：华艺出版社

这里尽管只列举到了2002年，那也相当了得了，亦可见两岸文化交流融合之一斑。

在网上查阅到大陆学者张蕊青所写的《陈益源和他的明清小说研究》一文，该文非常详细地介绍了陈老师的学术成就，而那时他还是台湾中正大学的副教授。文中提到陈益源先生的硕士学位论文是《剪灯新话与传奇漫录之比较研究》，博士学位论文是《元明中篇传奇小说研究》，他有精湛的研究和独特的治学方法；认为陈益源先生从民俗学的角度考论通俗小说，把小说研究和文化研究有机结合起来，扩大了明清小说研究领域，为此开拓了一条新的道路；论及他具有多学科的训练，“十八般兵器，样样皆会”，厚积而薄发，使他才识过人，胸有成竹，教学、科研、学术讲演、田野调查、专业编辑，每一岗位，都有所成就……尤其以一句话概括了陈益源先生的作风：“转益多师，虚心好学，以文会友，朴实诚恳。”

在陈灵心同学的微信里，我看到她最近赴嘉义大学参加“第六届中国小说与戏曲国际学术研讨会”的照片，其中有她与导师陈益源教授的合影，戴着眼镜的陈导看上去好严肃嘛！没想到他把自己研究室的铭牌搞得这么幽默！

在台湾，大学教授的办公室都是每人独立一间，门口都挂着刻有自己名字的牌子。陈益源老师新换的牌子有 3 个身份：律师爹、特聘教授、博士，其中列第一位的是“律师爹”，这个好鲜明、好骄傲、好可爱！

台湾的医学、法学都很有名，律师资格证很难考，但律师的社会地位高，对此大陆媒体曾有过详细的报道。之前多年，台湾律师考试的通过率，始终都在超低位运转，在 1989 年以前的 39 年中，仅有 782 人获得律师资格，平均每年仅 20 人能够通过考试，因而被认为是岛内“难度最高”的考试。现在“考试院”提高了律师录取比率，但通过率大约也只有 10%。在台湾要成为一名律师，首先必须踏入一流的学府，然后须通过复杂的资格考试，最后得经过各种实习培训的千锤百炼。

台湾“律师法”第一条规定：“律师以保障人权，实现社会正义以及促进民主法治为使命。”如此崇高的使命定位，自然也就催生出了台湾律师优越的社会地位和丰厚的报酬。有报道说，台湾律师陈长文曾夺全台湾个人所得税年度冠军，上缴了高达 7,000 万元新台币的个税，由此可以猜想他背后的实际年薪会有多高。

如今随着两岸交流的深入，大陆已经向台湾居民开放了律师专业资格考试，“登陆做律师”，这个有意思。

律师要“为国护法，为民请命”，大陆有知名律师曾说，做律师要有“五气”：正气、虎气、才气、灵气、和气。不知道在台湾当个好律师需要什么“气”。对于一个社会来讲，真正的黑暗不是贫穷，而是无视规则与正义，律师的使命就是要匡扶正义，这一点对两岸的律师来说都一样。

台风在中秋呼啸而过

其实没有指望中秋能看见月亮。

“14 号台风 14 号将登陆台湾”，住在台南民宿，各种有关超强台风“莫兰蒂”的信息风一样地入眼入耳。“莫兰蒂”的命名来自马来西亚，是指一种高大的树，结果我看到台南无数的大树被吹倒吹折。台湾地震多台风多，在 2016 年上半年，我在台北被地震波摇得心惊肉跳，下半年则在台南领教了超强台风的厉害。

“莫兰蒂”其实没有直接登陆台湾岛，而是在垦丁以南 60 公里的大海上“擦脚而过”，后来在厦门登陆。但是它伸开手脚旋转着，被它的巴掌拍一下也不得了。14 号中午我顶风冒雨打计程车去台南一家诚品书店，想混在书店里“两耳不闻窗外事”，结果到了才发现诚品这天下午关门了。台湾的“台风假”是由各地自行决定的，台南决定 14 号下午放半天而不是放个全天假，结果市长被市民百姓骂了个半死。诚品店楼下大门外，一批穿着美丽校服的中学生借这“屋檐下”在等候着，等候着家长来车接人。他们是对面私立慈济高级中学的学生，上了半天课放学了。

这地儿离海边很近，风就更大。雨越来越密，风越来越紧，我等候了半个时辰不见一辆计程车经过，心也越来越紧。于是问一位美少女同学，附近有没有公车——在台湾公车是指公交车，这位同学笑容璀璨很诚挚很细心地告诉我怎么走可以找到公车站。慈济，证严法师的慈济，培养的孩子就是不一样，在台风中让我如沐春风。道谢过后，我撑起那把在台湾买的防风加强型雨伞，急匆匆奔向公车站。风雨中，仅站着我一人，真有前不着村后不着店之感。风把雨伞吹翻成锅子形，顶着风又变回雨伞形，反复较量多次。

终于77路车抵达，竟然是经过成功大学的，我就住在成大边上的民宿。这车成了我一个人的专车，人家都乖乖地待在家里躲避台风呢。躲在家里的民宿主人，已给我准备了两个台湾月饼。女儿徐鼎鼎也乖乖地躲在成功大学胜利校区的宿舍里，她在台湾念了四年本科，远的地震、近的台风，已经经历过太多回，所以早已实行她的经验主义。她批评我：你看公车上都没人了，就你一个在外面浪啊浪。

每一朵乌云背后都有阳光，每一次风雨过后必有晴天。然而真没想到，第二天台南就开始转晴了。

台南在台湾岛的西南角，地处嘉南平原。北边是嘉义，南边是高雄、垦丁，东边的山区就是阿里山山脉。嘉南平原的气候，其实是温暖少雨的，日照大大的充足，所以早期是盐田成盐山、稻田成谷仓。台南是台湾最早的“首府”，郑成功就是在这里赶走荷兰人，收复台湾的。台南一片繁华时，台北还是一个荒芜的盆地。今天的台南相比于台北，如同杭州相比于北京；台南相比于高雄，如同杭州相比于上海。看台湾岛地图，西南角的台南是历史文化名城，轴对称的西北角的宜兰是田野云水怡人，两者特色非常鲜明。台南作家叶石涛，被称为“经历日占时代的最后一位日文作家”，他曾说：“台南是一个适合人们做梦、干活、恋爱、结婚、悠然过活的地方。”

台南安平港曾是台湾第一大港，也是台湾历史、文化的起点。安平是海边的安平，1865年开埠。所以，安平古堡、安平老街、安平树屋，都属于安平。府城台南有太多的历史文化遗存，而最具特色的一景是安平树屋。中秋这天下午，我就是在安平树屋中惊讶地度过的。先摘一段关于安平树屋的概要描写，这些基本内容很容易在网上搜到：

> 英商德记洋行后方的安平树屋，原是德记洋行之仓库。日占时期，为大日本盐业株式会社之办公室与仓库。根据台南市府文化部门调查，“安平树屋”的砌墙古砖部分取自“热兰遮城”红砖，从门楣花岗石、窗框基石及木屋架构判定，推测最早应建于十九世纪末及日占初期，台盐老员工也指出1935年在此上班时，仓库墙面就出现了榕树盘根。“二战”后，安平制盐工业没落，此处遂荒废。后虽为台盐仓库，但废弃后屋顶破损严重，屋内长有不少大榕树，榕树之枝丫与气根，百年来盘踞攀附，连墙壁都攀爬不少树根，层层包覆屋顶与墙壁，宛如台湾版的“吴哥窟·塔普伦寺”。当初被居民传闻为“鬼屋”，现在开发成了最受欢迎的特色景点；榕树与建筑物纠缠不清，让本来平淡无奇的仓库成为一个有趣的探险空间；“屋中有树，树中有屋”，“树以墙为干，屋以叶为瓦”，那特殊情调和神秘气息，让人惊艳。

国庆长假我妻子到台南，首先就去看安平树屋，她的感受是：“树，肆无忌惮地恣意生长，那种放肆，在现场会有震撼的感觉。”而我的感慨是：“安平树屋，群榕吞噬群屋，自然之力才叫厉害！树应如此，这才是真正的洪荒之力！”不是一棵树一间房，不是一棵树在战斗，而是一群榕树和一群房子！面对“放肆”，我倒是想用这轻松的仿调来说它：

盼望着，盼望着，中秋来了，安平树屋的脚步近了。一切都不像刚睡醒的样子，疯疯狂狂往上长。榕树的身板坚挺起来了，树枝张开来了，树叶也遮天蔽日了。气根们偷偷地从墙上钻出来，纵向的，斜插的。屋顶上，房间中，瞧去，一大片一大片满是的。拥着挤着，挺一挺身，伸一伸脚，举一举手，捋一捋须，在这里可以捉几回迷藏……

哇，原来有这样的“诗与远方”！这是人文风景蜕变成了自然风景；人顺应了这个自然成果，如今只是在树屋架设了各种楼梯天桥栈道，方便人们从高高低低各个角度去观赏而已。安平树屋在其活化之后，荣获台湾卓越建设奖、优良环境文化类金质奖。到台南，不去海边的安平，不看安平树屋，那可是大大的错过与错误。我之前台湾环岛游时，曾两次经过台南，就是错过了。

树与屋纠缠在一起，相互是个很好的保护，在大台风中丝毫看不出有什么受损。我拍了很多安平树屋的照片。从安平树屋恋恋不舍地出来，天气阴转多云，多云转少云；我与大多数前行的人方向相反，径自一人向海边走去。这里距离大海已经很近，没走多远就遇到一个租自行车的小店，屋前停着多辆挺新的自行车，让我这个平常以自行车为交通工具的人眼睛一亮。立马租了自行车，每次 100 元新台币（约合 20 元人民币）；年轻的店主夫妻热忱地指点自行车道的行进方向。跨上车，冲上坡，迎面就是一阵清冽的海风，立刻让人从偏热的中秋天气进入爽歪歪的凉爽之境。海风与其他的风都不一样，海风是透的。

这里是海堤，亦是自行车道；往北是两边都有栏杆的正式的自行车道，往南是原汁原味的土路，直达观夕平台。头一天的台风，其实吹倒了很多树木，把自行车道拦断了好几处。中秋台湾也是放假的，在这些“次要地方”倒下的树木，一时没有人清理。在这些地段要绕道而行，尽管比较不方便，但也能看见不同的风景。然而最重要的是，此刻无雨天已晴，有风其身轻。这就是台湾著名原住民民歌手胡德夫在《太平洋的风》中所唱的温柔的轻风：太平洋的风一直在吹，太平洋的风徐徐吹来；

吹开我最爱的窗，当太平洋的风徐徐吹来，吹过真正的太平……

沿堤骑向西南，右前方是夕阳。那是海上的夕阳，多云缠绕，夕阳是不那么纯粹了，可是晚霞就绚丽了。以云中夕阳为背景、为舞台灯光，近景的椰子树、芭蕉叶，在我的镜头里就是婆娑起舞的身姿。很快骑到四草大桥前，这是跨过盐水溪的一座大桥，桥的那一侧就是浩渺的台湾海峡。没有想到的是，在这海口，海潮一波波涌来，潮声涛声声声入耳。这是八月十五的潮水！这多么像我们的钱塘江潮起潮涌！只是这潮水没有钱潮那么澎湃壮观罢了！

驻足在四草大桥前，看许多人在海滩上观潮玩水拍照，夕阳给出他们的剪影，各种身姿，进入我的镜头，那么美丽美好美妙，那么安宁与安静。

我转身抬头，哈哈，左前方就是一轮圆月，悬得不高，但已没有云遮月了，分明地照着我，照着你，照着他，照着我们每一个人。这就是“海雨洗烟埃，月从空碧来”，这就是“海面乍浮犹隐映，天心高挂最分明”，这就是“平分秋色一轮满，长伴云衢千里明”，这就是“海上生明月，天涯共此时”！

是夜，我在微信和微博上写下：2016中秋，我在遥远的台湾台南大海边，骑单车，看夕阳，赏月亮，听潮涨……是谓“海上明月共潮生”。

第五辑　立己立人

王阳明：知知而行行

上

10月31日是王阳明的生日。2017年，王阳明545岁诞辰的这一天，宁波（余姚）阳明文化周在余姚市王阳明故居拉开帷幕，以“心”为精神核心的“阳明故里”LOGO发布。“阳明文化周”不仅是宁波余姚的一桩大事，也是文化学术界、阳明文化研究领域所期待的一件盛事。“阳明故里”致力于打造阳明心学的朝圣之地，打造践行“知行合一”的精神家园。

此间，绍兴“阳明文化周”亦举办。绍兴是王阳明祖居地，他10岁时随家从余姚迁回绍兴，自10岁至18岁，少年王阳明都生活在绍兴。他曾筑室于绍兴宛委山阳明洞，因此自号阳明。王阳明1529年告别人世后归葬绍兴，王阳明之墓位于兰亭仙霞山（即鲜虾山）南麓。

生于1472年的明代哲学家王阳明，名守仁，幼名云，字伯安，别号阳明，谥文成。对于今天来说，王阳明是文化的存在，更是思想的存在。

唯有“知”阳明，方能“行”文化；唯有“明”心学，方能“致”良知。王阳明被称为“明朝一哥”，他不但是心学集大成者，精通儒、释、道，且能统军作战，是中国历史上罕见的全能型大儒。康有为说：“言心学者必能任事，阳明辈是也。大儒能用兵者，惟阳明一人而已。”王阳明一生事功显赫，被称作“立功、立德、立言”的“真三不朽”，三者皆居绝顶。

王阳明以一生践行了“为天地立心，为生民立命，为往圣继绝学，为万世开太平”的崇高理想。作为圣哲，他在修身、齐家、治学、悟道、平天下各个层面都有深刻的阐述。在中国哲人里，没有一个人像阳明这样出身官僚，坎坷常伴人生，常需绝境求生，却以天下苍生为己任；在中国哲学中，没有一种学问像阳明心学那样，强调知行合一，强调身心之学，重视实践行动，重视经世致用。

王阳明是五百年来儒家的源头活水。他的哲学思想穿越广袤的时空，至今在中国、日本、朝鲜半岛乃至世界范围内都有着深远的影响。比如日本的冈田武彦，是一位学贯东西、横跨儒、释、道的世界级哲人。他在 68 岁时提笔写了《王阳明大传》，花费 25 年心血，穷尽中日两国史料，7 次到中国考察阳明遗迹，及至 93 岁，得以完成皇皇八十余万言的大著。王阳明的世界级影响，可见一斑。

读无数金玉良言，见璀璨吉光片羽。阳明心学的本质是：心外无物，求至善；知行合一，致良知。他的思想，大致可分为三个部分：心即是理，知行合一，致良知。如果说“心外无物”是出发，那么“知行合一”是历程，“致良知”则是归宿。

“身之主宰便是心，心之所发便是意，意之本体便是知，意之所在便是物。”心是天地万物的主宰，心外无物，心外无事，心外无理，万物一体，这是心学说的逻辑起点。在他的心目中，人心是根本的问题，是产生善与恶的源头；任何外在的行动、事物都是受思想支配的，一切统一于心。阳明心学，是体认之学，是固根之学，是事上磨炼之学。“此心真切，见善即迁，有过即改，方是真切功夫。如此，则人欲日消，天理日明。”心对了，人才对。“吾心自有光明月，千古团圆永无缺。”

“知者行之始，行者知之成。圣学只一个功夫，知行不可分作两事。”针对当时社会“言行不一”之流弊，王阳明提出了“知行合一”之学说。在他的认知里，知行是不能够分离的，知是行的主意，行是知的功夫；有知必有行，有行必有知。知“知”而行“行”，这正是王阳明。

“致良知”则是阳明心学的核心部分，甚至有学者认为，“知行合一”的“知”，并非侧重指“认知”，而是侧重指“良知”。王阳明提倡的“良知说”是一个严格的生命体，它包含敏锐的道与德的感知，也包含道与德的批判，既有道与德的好恶之情，也有道与德的法则。从良知出发，人人皆平等，凡人亦可成圣人；良知人人皆有，诚明之心是本来具足的天赋德行，致良知就是让心回到“无善无恶”的明洁的本真状态。良知就是判断力，在持续的“格物”与“诚意”中，达到自我的修养，规范自我的行为，构建心灵的图谱，日臻明觉良知之化境，并以此确立天下的文明支撑。

震霆启寐，烈耀破迷。一如著名学者郦波教授所说的：两汉经学，魏晋玄学，唐宋道统之学，到两宋理学，一直到宋明理学，儒家被彻底地改变为一个罩子，一个人事圈，一个权术圈。这时候有一个人，单枪匹马，在黑暗中杀出重围，就是阳明先生！

中

越是艰难处，越是修心时！

王阳明的一生，那可真是九死一生。

在“九死一生”中，最大的“生”是龙场悟道。

王阳明悟道之路，是“从百死千难中得来”，是“千古圣贤相传的一点真骨血”。

被贬龙场之前，他这个京城小官，不仅受尽迫害，还被一路追杀。

因反对专制擅权的腐败大太监刘瑾，王阳明先是受了四十廷杖，还好命大，活了下来；之后被投入诏狱，好不容易从里面熬出来，结果被贬往贵州的蛮荒之地龙场驿。

他告别京城，拖着病体，绕道浙江，想要回家看一看自己年近九十岁的祖母，然后再赴龙场驿。哪想到，到了杭州时，突然发现锦衣卫的杀手跟上来了。他急中生智，金蝉脱壳，那就是题下了两首绝命诗之后，自己投进了钱塘江，从而骗过了锦衣卫。其中一首诗写道“自信孤忠悬日月，岂论遗骨葬江鱼。百年臣子悲何极？日夜潮声泣子胥”，以死明志。其实一头扎进钱塘江的王阳明，潜伏在一艘商船下，逃过一劫。

王阳明踏上了贬谪龙场之路，毅然决然。龙场驿在今天贵州省贵阳市修文县龙场镇，当年就是一个“蛇虺魍魉，蛊毒瘴疠”之地。那里有一座龙岗山，山里有一个石洞，洞中有一具石棺，石棺里有一个男人，他就是王阳明。王阳明“具棺悟道”，思考死生。有一天，突然在电光火石之间，躺在棺材里的他悟出大道：“圣人之道，吾性自足。向之求理于事物者误也。至此心外无物，心即理也！”

躺在石棺里悟道，或有后人演绎的成分，在冈田武彦的《王阳明大传》中，是这样描述的：“于是在屋后建了一个石廓，日夜端坐其中，参悟死之要义，寻求心之静一，以求自己能够超脱生死之念。一天夜里，王阳明恍然顿悟，随即发狂般地欢呼雀跃起来，感觉就像云开雾散、豁然见到阳光一样，终于使至今未曾参透的‘格物致知’之旨露出了真相。王阳明觉悟到：原来圣人之道蕴藏在每一个人的心中，一直以来所沿用的向心外求理的方法本身就是一个错误……”

无论如何，“龙场顿悟”是没有错的，王阳明由此明晰了“心外无物”，这奠定了阳明心学的基础，并开创了心学智慧。

王阳明后来说：“天没有我的灵明，谁去仰他高？地没有我的灵明，谁去俯他深？鬼神没有我的灵明，谁去辨他吉凶灾祥？”天地、鬼神、万物，无灵明便无存在，“心外无物”。创造思想正是哲学家和思想家的事，思想不与外物之腐败权贵结合，这是被贬穷乡僻壤的王阳明的铁的法则。

王阳明不仅是哲学家，还是政治家、军事家、文学家、书法家；他一生波澜壮阔，其中有多个最重要的时刻：身陷诏狱、龙场悟道、赣南剿匪、智擒宁王、天泉证道等。王阳明对皇上也时有“不服从”，那时的皇帝，正是满脑子进水的“大玩家”、荒淫无度最后死于“豹房”、仅31岁的荒唐皇帝明武宗朱厚照，这是一个历史大背景。

王阳明从“龙场悟道”到“天泉证道”，是对心学从发见到发展再到教育传播的过程。在绍兴老家的“天泉证道”，产生了他的“四句教”：“无善无恶心之体，有善有恶意之动，知善知恶是良知，为善去恶是格物。”这是他的学说的一个大总结、大升华。

王阳明自己成了一株“岩中花树”。

王阳明在世时讲学不辍，以振兴斯道自任。曾经他与学生一同郊游，学生看见岩中有一棵开花的树，就问：先生你说心外无物，但是你看这棵树不存在吗？如果我们没有来，这棵树它就不开花不美丽吗？它就在我心之外存在呀！王阳明恰好就借此解答他所说的“心外无物”：“汝未来看此花时，此花与汝心同归于寂。汝来看此花时，此花颜色一时明白起来，便知此花不在汝心之外。”

这就是一种价值存在。当然，“心外无物”并不是否定事物的客观性，而是强调客观事物必须被人的心灵有效地、充分地把握住，其客观性才能构成对人的生活的真正价值。每个人唯有从心出发，才能找回一份平静，获取一份福泽。

是的，王阳明就是中国几千年哲学史上一株价值非凡的“岩中花树”。当“主流之学”越来越拘泥、僵化、教条，而且宋明理学将其弊端放大到了极点之时，此刻出现了王阳明，正是他大声疾呼，敢于否定，敢于说不：“夫道，天下之公道也！学，天下之公学也！非朱子可得而私也，非孔子可得而私也！”在晚明大变局中，王阳明的巨大贡献，就是在一片荒诞与黑暗中解放思想，对后世产生了巨大的影响。冈田武彦甚至认为，阳明学是中国最早提出尊重“人的个性”学说的哲学家。

因为王阳明的传道授业，于是有了“三传弟子”李贽，李贽成为王阳明后学“泰州学派”的中坚。“泰州学派”发扬了王阳明的心学思想，反对束缚人性，成为中国历史中第一个真正意义上的思想启蒙学派，它引领了明朝后期的思想解放潮流。李贽的“童心说”，正是对王阳明“良知说”的继承与发展。正是李贽成了个性张扬的“狂人”、思想解放的先驱，他反对禁锢天下人思想的专制“执一”，从而将晚明思想解放的潮流推向了高峰。如果说王阳明是“传奇”，那么到了李贽这里就是“异端”；如果说王阳明打开了人性的大门，而李贽则展现了人性的极致。

晚明以降，至于民国，还有多少人受到王阳明的启蒙启发而成为史上的进步者：从汤显祖到徐光启，从顾炎武到黄宗羲，从曾国藩到左宗棠，从孙中山到章太炎……对社会公众素养的影响其实非常大，我国台湾，以及日本，国民素养之优、社会文明程度之高，与长期受到“礼义廉耻”“致良知”等潜移默化的熏陶有很大的关系。

王阳明是奇人，是大哲，当然，历史人物应该放在历史的大背景中看，放在历史的大脉络中看，放在历史的大趋势中看；他不是“神人”，而是一个需要今人了解并尽可能理解的人。

大明王朝有两个非一般的同时代人，一是唐寅唐伯虎，一是王守仁王阳明。今天我们如果只知唐伯虎不知王阳明，甚至不知“唐寅”只知“唐伯虎点秋香”，那实在不应该；一个民族如果多数人对自己重要的历史文化知之甚少，那可以说是“细思恐极”的。

下

因其不朽，五百年来王阳明对人类世界的影响极其巨大。

知王阳明之知，行王阳明之行。推陈可以出新。

著名学者杜维明更是预言：二十一世纪将是王阳明的世纪。

王阳明让人心动，更使人行动。心学教化，从心而发，从口而出，从耳而入，最终又从心而化，从化而行，从行而成。著名教育家陶行知，其名字就来源于王阳明的知行合一，他在接触王阳明学说之后，大为惊叹，于是给自己更名为“陶知行”，后来又改为陶行知。这就是将心动与行动两者完美地结合在了一起。

文化是需要传播的。央视《百家讲坛》先后请董平和郦波两位教授讲过王阳明，从而让更多的人知道王阳明，知道阳明文化和阳明思想。

作为浙江人，我们是王阳明的老乡，更不应忘记先贤的“真三不朽”。2017 年 1 月 10 日，由浙江省伦理学会和浙江工商大学联合举办的首届“阳明学与浙江文化”学术论坛在浙江工商大学举行，我也应邀参加。王阳明第二十三代后裔和诸多专家学者、各界社会人士齐聚一堂，共同论道“阳明学与浙江文化精神建构”。董平教授作为论坛主讲者，他从梳理浙江文化思想的历史入手，展现了阳明学与浙江地区生活方式与文脉传流之间的直接渊源关系。他说：“阳明学并非偶然出现的思想流派，而是上启于陆九渊心学，并历经心学在江浙地区的长期深耕而最终勃发于明代中叶的历史精神结晶。”他认为浙江人对阳明学的继承，应基于充分的历史视野与社会担当，努力将阳明思想贯彻到现实生活的具体展开当中。

2017 年 4 月，南京师范大学教授郦波也来到《百家讲坛》，富有激情地讲述了《五百年来王阳明》，长达26集，以此解释了一串问号：王阳明的学说为何会有如此重大的影响力？王阳明为何有那么多的传奇故事？王阳明为何会被后人如此推崇？……各集之名称凝聚了极好的“王阳明关键词”：

传奇开始的地方、叛逆的儿子、父亲那座山、理学那道坎儿、宦官那个坑、生死那道关、龙场悟道、心学的正能量、知行合一、事上炼、致良知、最爱是讲学、心学也是心理学、破山中贼易破心中贼难、一封“情书”、秋风扫落叶、三个七零后、两个余姚人、心智的较量、决战鄱阳湖、艰难时世、心学归于致良知、善恶之间、战或不战、此心光明。

讲坛之后，郦波出版了《五百年来王阳明》一书。

今天让阳明心学深入人心，让人知而行之，其实并不容易。郦波老师不久前有一次演讲，题目是《王阳明与阳明心学》，从王阳明出发，谈当今的为人为事，特别提到，“知行合一的精髓，可以痛治当下所有人的拖延症，整个时代的拖延病”。

近二十年来，出版界十分重视阳明文化、阳明思想的传播。除了《王阳明全集》《王文成公全书》《传习录》等各个版本外，还有《王阳明家书(家书、家训、家规全集)》的出版。学术界是中坚，除了梁启超的《王阳明传》、钱穆的《阳明学述要》外，还有冯友兰等的合集《知行合一：国学大师讲透阳明心学》出版；2009年，中国人民大学出版社出版了“阳明学研究丛书”，有董平、吴光著的《王阳明的生活世界》，吴震、吴光著的《泰州学派研究》，韩国崔在穆与朴姬福合著的《东亚阳明学》等；哲学史家陈来的《有无之境：王阳明哲学的精神》、钱明的《阳明学的形成与发展》、顾鸿安的《阳明学及其传播》、彭国翔的《良知学的展开——王龙溪与中晚明的阳明学》等都很有分量，2015 年则有《阳明学研究》的创刊。

在作家界，度阴山的《知行合一王阳明》、王觉仁的《王阳明心学》、吕峥的《明朝一哥王阳明》等著作，影响都不小。王阳明的老乡、知名作家赵柏田，著有《岩中花树》一书，开篇写的就是王阳明，且以第一人称口吻叙事，别具一格。王阳明正是贫瘠时代的山岩中长出的一树好花——精神之花、人格之花。

在宝岛台湾，有著名的阳明山，阳明学更是显学。比如台湾大学出版中心出版的《王阳明思想观念研究》(邓克铭著)，分析阳明文献中种种用语及观念之内涵，以及宋儒、禅宗及阳明后学的比较，由此深入阐明了阳明心学理论及效果。笔者手头有一本台大出版中心于 2008 年出版的《中日阳明学者墨迹——纪念王阳明龙场之悟五百年暨中江藤树诞生四百年》，是图文并茂的精装本。中江藤树是日本德川时代初期的哲学大家，日本阳明学派的创始人。他把阳明学引进日本，开一代新风；他反对泥古，主张实践，注重实学，提倡经世事功，他的思想体系对日本影响很大。

前文提到的日本哲人冈田武彦，不仅著有《王阳明大传》，还有《王阳明与明末儒学》这样的学术之作；也正是他践行“行动哲学”，在他一次次实地考察的推动下，20 世纪末至 21 世纪初，他回日本募款集资，使余姚、绍兴的阳明故居、阳明之墓得以修缮。另一位日本著名哲学家、东京大学教授高濑武次郎著有《王阳明详传》，汉译本亦已出版。日本学者吉田和男著有《塑造日本人心性的阳明学》一书，专门探讨阳明学对日本人精神的滋养。在日本的思想界，王阳明可谓是“神一样的存在”，他被看作日本文明开化、思想启蒙的先期导师，“没有王阳明，就没有后面的明治维新”；有了阳明心学，有了阳明精神的践行，才让日本脱旧入新，前进的航船方才转入发展振兴的轨道。

在今天，我们需要把王阳明的思想文化变成一种内生的源泉动力，作为我们个人和社会成长与进步的精神养分，从而实现格物穷理、知行合一、经世致用。

国民之魂，文以化之；国家之魂，文以铸之。

时代在呼唤：多一些“大儒”，少一些“犬儒”！

应怜绝学经千载！

马斯克的宇宙折叠

“所谓创业生活，就是嚼着玻璃凝视深渊。”这话是谁说的？埃隆·马斯克说的。

埃隆·马斯克，被称为“乔布斯之后改变世界的人”。北京时间2018年2月7日，马斯克旗下的美国太空探索技术公司（SpaceX），将世界上现役运力最强的火箭——20层楼高的“重型猎鹰”，成功发射到太空。猎鹰重型运载火箭载了一辆樱桃红的特斯拉跑车——公众更熟悉的是，马斯克是造纯电动汽车特斯拉的。这种火箭不仅推力巨大，而且可以回收，你瞧那一级火箭从黑空中蹿了回来，稳稳地落在着陆点上。这回如此成功，所以震惊了世界。网友说，这是在半个地球的睡梦中，他捅破了人类历史的天空。

马斯克出生在南非，少年时就是个天才，后来去了美国。他24岁创立美国大众点评网Zip2，28岁创办了线上支付PayPal，马云就是模仿了PayPal的模式，4年后在中国创办了支付宝。这次猎鹰重型运载火箭发射成功后，有人问马云：“您觉得马云和马斯克谁更厉害？”马云的回答很巧妙："我觉得竞和争是两回事情，我们共同要竞，未必要争。在公司内部，我希望大家多竞，少争。至于马斯克，我觉得他是位很了不起的创业者。每个人的领域不一样，苹果和香蕉一定要去比较，每个人的说法肯定不一样。作为一个同样的创业者，我对他的远见、勇气、胆略非常之钦佩，也祝贺他。我们都互相尊重。我觉得这世界上应该不同而美丽，每个人都应该不一样，有的人愿意上天，有的人愿意下海；有人愿意往东，有人愿意往西；有的人喜欢高科技，有的人喜欢商业多一点。我希望技术让人类生活得更好。"

马斯克是美国科技巨头，是响当当的硅谷"钢铁侠"。他拿着自己全部的财产投身实业，自杀般地投入三个发展长期停滞不前的高科技行业：航空航天、电动汽车和太阳能。2002 年 6 月，在洛杉矶郊区，马斯克租了一间旧仓库，在这里从零起步，开始他的"太空梦"。而试射的火箭，经历了多次失败，他也只好将火箭升空爆炸看成是"最大的烟花"。

最艰苦的时候，他的两家企业同时面临倒闭的危险，所以有了那句"创业是嚼玻璃视深渊"的名言。他甚至被庸众看作疯子甚至骗子。最后，他忍受着难以想象的屈辱和压力，奇迹般地把这三家企业都做成了：特斯拉是全球最酷最畅销的纯电动豪华汽车，SpaceX 成为航空航天业最稳定的运营商，太阳城目前是最大的消费者商用太阳能电池板安装供应商。

马斯克可不是一个传统意义上的企业家，而是一个梦想家，敢于将梦想付诸实践的梦想家。他最大的梦想当然就是宇宙空间的梦想——要让人类进行星际旅行，最终可以定居到火星上。我将这个称为"马斯克的宇宙折叠"，通过低成本、可回收的巨型火箭，实现宇宙空间的"折叠"，找到穿越不同空间的捷径，最终实现星际旅行的梦想。"宇宙折叠"的说法，借用自科幻作家郝景芳的名篇《北京折叠》中的说法。《北京折叠》是第 74 届雨果奖获奖作品，在这个科幻小说中，城市空间分为三层，不同的人占据了不同的空间，几个不同空间叠加在一起，可以“像变形金刚般折叠起来”。“宇宙折叠”，空间翻转，捷径穿越，这皆是比喻之说。

地球和人类终有消亡的一天，太阳的能量毕竟会耗尽。马斯克可不想让人类“星际迷航”，他就梦想着能够让人类居住到火星上。我想那一定是“火星上的楚门世界”，人类在火星上建个巨大的“楚门摄影棚”，能够方便潇洒地住在上面……在马斯克看来，死在火星上是一件挺酷的事。这真是充满个人英雄主义色彩的梦想。航天从来都是“高精尖”的领域，其中的核心技术自诞生以来就打上了“非卖品”的标记。马斯克却一直希望让“航天”降下成本、放下身段。也只有让人类用更低成本迈入太空，才能真正推动“向多星球文明的跨越”进程。所以，他的这个跨界传奇行动，就要依靠创新来实现“颠覆”，从而撬动宇宙。

很多人不理解马斯克为什么做这么一个“宇宙空间梦”。事实上，早在 2015 年秋天，在清华管理全球论坛上，马斯克曾与清华大学经济管理学院院长钱颖一教授展开一场对话，他把自己的梦想和思想说得十分清楚：“纵观整个人类文明史，你会发现人类文明基本将会朝着两个不同的方向发展。要么变成一个居住在多个行星上的文明，走向太空探索星系，要么就永远住在一个行星上，直到最终灭绝于某个天灾人祸。我想还是前一种结局比较好。要实现前一种愿景，我们必须在某颗星球上建立一个能够自我维系的文明。火星是唯一现实的选择，所以我觉得我们应该向这个方向努力，而在我们的认知范围内，这将是地球诞生 45 亿年以来生命首次有机会走出地球。这个时间窗口可能很长，也可能很短，而我们应该赶早不赶晚，在有能力的时候采取行动。”原来驱使马斯克推动世界发展进步的，不是很多人所想的名和利，而是强烈的人类生存使命感。

众所周知，西方文明根植于两个思想源头：希腊与希伯来。希腊神话中，普罗米修斯反抗众神，为造福人类而盗取火种；《希伯来圣经》中，诺亚服膺神意，在洪水灾难中建造方舟而救渡众生。马斯克的梦想，正是源于这两大文明；马斯克的行动，恰是基于这两大文明的实践。

马斯克是在顶级的领域思考人类和未来。马斯克认为，有 5 个领域必将深刻影响人类的未来：互联网、新能源、太空探索、人工智能和生命科学。他于是一一介入。他所开发的太阳能发电板，是能够让电表倒转的——用户不仅可以用这种发电板来省钱，还可以把储存的电能回收，回输给电力系统，以此来赚钱。这个奇思妙想，让世人恍然大悟，哇，原来还可以这么干！

而在人工智能和生命科学领域，马斯克正在做一个更“科幻”的梦，让人类与机器相融相合，成为“半机器人”，避免未来人工智能机器人“统治世界”。人类如果能够直接与机器相融合，那人类的大脑就会变得无比强大。马斯克的创新与颠覆就是创立“脑机接口”——在人或动物大脑（或者脑细胞的培养物）与外部设备之间，建立直接连接通路。这是一种“神经织网”技术，它不需要通过物理接口，而是通过电极植入大脑的方式，就能让人与机器直接进行通信，人脑可以随时随地与电脑连接，下载或上传任何信息。人脑能够直接读取和存储外部信息，而不是像过去那样，读一本《红楼梦》小说也得花好多天。马斯克和他的团队正在努力开发中。你说这个事是不是比移民火星更“科幻”更“玄幻”？这不是“宇宙折叠”，而是“大脑折叠”了！

难怪，对于那些想通过“亚轨道旅游”赚点富豪的钱，而对技术和人类没有任何实质推进的做法，他是毫无兴趣，甚至嗤之以鼻的。这真是“知我者谓我心忧，不知我者谓我何求”。

上帝说“要有光”，于是有了曾经的牛顿和现在的马斯克。

科学背后的人文伦理

科学当然是一把“双刃剑”。

“世界首例基因编辑婴儿露露和娜娜在中国诞生”的消息，在2018年11月26日传出，引发了巨大争议。操刀者是南方科技大学已停薪留职的副教授贺建奎，11月28日，他在香港的一次国际学术会议上发表了18分钟的演讲。他称，共8对志愿者夫妇进入实验，有1对中途退出，均为父亲HIV（艾滋病）阳性，母亲HIV阴性，研究团队对大约20个胚胎进行了基因编辑。

一石激起千层浪。11月26日当晚，122名科学界人士发表联合声明，直指这项所谓研究的生物医学伦理审查形同虚设；直接进行人体实验，只能用“疯狂”来形容；而该事件对于中国科学，尤其是生物医学研究领域在全球的声誉和发展都是“巨大的打击”。

贺建奎2010年获得美国莱斯大学（Rice University）生物物理学博士学位，次年成为美国斯坦福大学的一名博士后。他认为，20世纪70年代首例试管婴儿露易丝·布朗的诞生，同样带来恐惧和指责，“相信基因手术在未来二三十年后也将会是合情合理的”。受此事牵连，贺建奎的母校美国莱斯大学已对其生物工程教授米迦勒·戴姆（Michael Deem）启动全面调查。米迦勒·戴姆是贺建奎在莱斯大学就读时的导师，也是贺回国后开展“基因编辑婴儿”项目的参与者之一。两人之间的联系还包括米迦勒·戴姆在贺建奎的两家公司担任科学顾问委员会成员，他自称持有“一小部分股份”。当潜在参与者同意这实验时，他就在中国，且他“绝对”认为这些参与者能理解其中的风险。他认为基因编辑类似于疫苗。

原本“基因编辑胚胎”是常见的事儿，但“基因编辑胚胎”变成了“基因编辑婴儿”，让孩子生下来了，这是人类史上破天荒的第一例。该实验其实在科学上没有任何突破，以“防治艾滋病”之名敲除 CCR5 基因的操作，成千上万实验室都会做；而“母婴阻断艾滋病”的技术早已成熟，其实用不着去编辑基因。所以业内诸多专家对实验的动机、实验的必要性、实验的合规性、实验影响的不可控性，提出了一系列的质疑。

科学的背后，是人文伦理和程序正义。首例“基因编辑婴儿”的诞生，意味着从此人类可以“按需制造”；物竞天择，变成了“物竞人择”，变成了“物竞技术择”。基因编辑技术起源于欧美，已非常成熟；但是人家遵守伦理规则，只限于胚胎实验，不让孩子生下来。所以，“基因编辑婴儿”的诞生仅是在医学伦理上的重大突破，这击穿了科学伦理的底线。业界担心：这不是打开阿里巴巴的山洞，而是打开了潘多拉魔盒。网友说，如果人类基因可以随意编辑，只要遇到一个丧心病狂的科学家，我们作为一个族群迟早要洗洗睡了。

我国科技部和卫计委在 2003 年联合下发了《人胚胎干细胞研究伦理指导原则》，之后在 2015 年又出台了《干细胞临床研究管理办法（试行）》，为基因编辑技术等的应用明确了基本准则。“基因编辑婴儿”的诞生，显然是违反其基本准则的；所谓得到实验医院“伦理委员会的批准”，这很可笑，完全不具备程序正义，个中逻辑如同“我单位一个委员会批准你去杀死另一个人”。程序正义缺失，实体正义必然不存。

毫无疑问，基因编辑婴儿事件的影响是世界性的。12 月 18 日，英国科普类杂志《自然》评选出了 2018 年最具影响力的十位科技人物，这份榜单涵盖了今年各个科学领域的焦点人物和焦点事件。其中男女各 5 人，华人两名：排在榜单首位的，是年仅 22 岁的华人物理学家曹原（现为美国 MIT 博士生）。他发现了使石墨烯能够在没有电阻的情况下导电的方法，破解了困扰物理学界 107 年的世界难题。这一发现开创了一个新的领域，该方法将会使能源的使用和运输更为有效。排在榜单最后的，正是贺建奎。因基因编辑婴儿事件带来的影响，《自然》杂志评论说，这将留下一个复杂的遗产（He will leave a complicated legacy）。

12 月 20 日，美国《科学》杂志公布“2018 年十大科学突破（Science Breakthrough）”，单细胞基因活性分析技术当选为“头号突破”，有望在未来 10 年改变生物学和医学研究格局。《科学》杂志不仅评出了一年里最为重要的科学突破，还评出了年度“科学崩坏”（Science Breakdown）事件，贺建奎基因编辑婴儿事件，成为年度三大“科学崩坏”事件之一。另外两个分别是：全球气候变暖但世界各国应对不力；有着 200 年历史的巴西自然博物馆在 9 月焚毁于一场大火。《科学》杂志评论道：“今年 11 月，贺建奎宣称利用基因编辑技术让一对夫妇生出能抵抗 HIV 病毒的双胞胎女婴。目前还不清楚这些修改是否真的能保护她们免受 HIV 病毒感染，也不清楚有什么潜在的好处值得他们冒这些风险，因为还有其他已通过验证的预防 HIV 病毒感染的方法。这项实验不仅伦理审查有问题，而且也在秘密之中进行，只是在有计划的公关失败后，消息泄露而被外界熟知。此举不仅打破了胚胎实验的国际共识，也违反了中国的法规。”

科学的天空无极限，人文的世界有底线。众所周知，吴越国国王钱镠的钱氏家族，千百年来培养了大批杰出人才，其中包括钱学森等科学家；然而许多人可能不知道的是，钱氏家族有一本内涵丰富的《钱氏家训》，开篇第一句就是“心术不可得罪于天地，言行皆当无愧于圣贤”，其中还有“利在一身勿谋也，利在天下者必谋之”等。这告诉我们：科学研究不能有违反人文伦理的私心，不能沽名钓誉，不可投机取巧。人要活在清明中，而不是活在精明中，尤其是文化人、科技人，这样最后才能活在文明中。

意大利大弟弟的大儿子考上了博大

意大利大弟弟的大儿子考上了博大——这里出现了四个“大”，分别关乎地域、亲人、晚辈和大学。

“博大”是博洛尼亚大学（University of Bologna）之简称。事实上之前我对博洛尼亚大学几无所知，此可悻悻地称之为“孤陋寡闻”“余生也晚”。

大约国人对该大学所知者也不多吧！我们比较知道哈佛大学、耶鲁大学、加州大学伯克利分校什么的，也比较熟悉巴乔、马尔蒂尼、托蒂、布冯这些“逆天”了的意大利球星，至于这博洛尼亚大学，拜托，不知道。

2017年暑假，我旅居意大利的大弟弟徐惊雷，先是给我女儿徐鼎鼎发来微信信息，之后又把该信息发给了我，说的是他大儿子朗朗考大学的事儿：

鼎鼎，你好！叔叔想向你咨询一下，台湾有没有适合朗朗读的大学？公立的或者私立的大学。事情是这样的：朗朗想读的专业是语言翻译专业，主要是想读英语和中文，他的意大利语跟意大利人是一样的。他现在报考的大学是意大利博洛尼亚大学，但是这个大学朗朗要报考的专业，每年报考人数和招收人数的比例大概是十比一，能否考得进去还是个未知数。朗朗9月5号要去博洛尼亚参加入学考试了，考得进去是最好，如果考不进去，我们也不知道该怎么办。我跟他说意大利其他的大学也先报名一下，但是他都没有去报名，搞不懂他是怎么想的。

所以我也想到，如果朗朗进不了意大利的任何一所大学，那是不是可以考虑把他送到台湾去读英语和中文。所以我想向你打听一下，台湾有没有适合朗朗这种人读的大学。朗朗现在的中文水平仅仅是会说日常生活中的普通话，汉字没有多少认识的。朗朗的身份，现在是意大利籍的。台湾那里的情况我们一无所知，鼎鼎你如果知道一些情况，微信上回复一下叔叔。

我女儿在台湾读了四年大学取得文学学士学位之后，现在继续在台湾读研，是成功大学的硕士生，专业研究古典文学中的先秦文学。我的大弟弟在担心他儿子朗朗眼睛只盯着一个“博洛尼亚大学”，万一考不上怎么办。啊哦，那可不好办。去台湾上学算是旅居海外华人子弟求学的一个路径，但感觉对于生长在意大利、连回国次数都很少的朗朗同学来说，这事儿有点不靠谱。

好在，考上了！很顺利。面对那十分之一的录取率，可不容易。

在我家兄弟姐妹五个中，我是老大，如今就我一人生活在中国，另外两个弟弟、两个妹妹都已旅居欧洲多年，三个在意大利，一个在西班牙，他们的整个家庭全都在欧洲，已然欧化多年。在意大利的大弟弟是开小超市的，他希望下一代不要再是忙于“进货搬货卖货”，而读大学、读好的大学，就是一条从底层阶层上升的必由之路。很多年前看过一篇题为《我奋斗了18年才和你坐在一起喝咖啡》的文章，印象深刻。我们家当年是从贫困县的贫困乡——也就是穷山恶水里，使劲走出来的；到了国外的弟弟妹妹们，自己是为生存而奋斗的一代人，有了一代人的奋斗，才能让下一代“和你坐在一起喝咖啡”。

生长于欧洲的下一代，必然会胜过父辈。好在孩子很争气，考上了不一般的博洛尼亚大学。大弟弟告诉我，这是一所老牌的名牌大学。我上网一查，才知道它是世界排名通常在200位左右的大学——这样，在我们这个大家庭中，在几位“大学生”中，朗朗同学考上的大学是排名最高的，是世界一流大学。当年我是全家第一个考上大学的，那是在遥远的1982年，不过考上的只是丽水师范专科学校，但从此走出了穷得叮当响的乡村，是乡里有史以来的第一个大学生；大妹妹的儿子后来考上了温州大学；我女儿徐鼎鼎同学读的是台湾台南的成功大学，是非常好的一流大学，在台湾通常列在台湾大学之后——素有“北台大、南成大”之说，它在世界大学中的排名为400名开外。

所以，考上“博大”，值得祝贺！

小弟弟徐春雷的女儿明年也准备去考博洛尼亚大学。

而我对博洛尼亚大学确实知之不多。意大利语属于小语种，中国去意大利留学的学生远远比不上去英美留学的那么多。好在现在资讯很发达，“愿闻其详”并不难，于是上网去查。

先看下有关博洛尼亚的介绍：

博洛尼亚（Bologna），意大利北部城市，始建于公元前534年，是欧洲保存最好的中世纪城市之一。它位于波河平原南缘、亚平宁山脉北麓，是艾米利亚-罗马涅的首府，是会展之城、美食之都、学习之都、音乐之都、文化艺术名城；是商业中心、铁路枢纽、农产品集散地，工业以食品、纺织、皮革、汽车、农业机械等为主，始创的名牌汽车是玛莎拉蒂。城市中多有中世纪至文艺复兴时期的城墙、宫殿、哥特式教堂等古代建筑；人行道多以走廊形式修筑，故被称为“柱廊之城”。博洛尼亚拥有广泛且高度发达的社会福利，被列为意大利生活质量最高的城市之一。博洛尼亚也是第二次世界大战意大利抵抗组织的中心，有无数爱国人士为祖国、为自由正义献出了生命。这里出产的举世闻名的名人巨多，比如有多位罗马教皇，还有著名的足球“光头”裁判科利纳等。

特别值得一说的是，博洛尼亚是著名的会展之城。2017 年 11 月 4 日，“博洛尼亚插画展暨 50 周年大师作品展”中国巡展来到杭州，进行为期一个月的展出，孩子们和家长们欢呼雀跃。我第一天就去看了，美到极致，让人流连忘返。博洛尼亚插画展被誉为插画界的“奥斯卡”，是全球最高水准的插画展。中国是意大利之外全球第二个举办这一展览的国家，该插画展 2017 年第一次进入中国大陆。而本届插画展是有史以来参加人数最多的，77 位插画家的 385 幅作品在评选中脱颖而出。2017 年是博洛尼亚插画展 50 周年，这次特别展出 50 年 50 位大师的 50 幅作品，涵盖了半个世纪的童书插画杰作。展出匠心独具，所有插画的画心高度都在 1.2 米，以儿童的视角布展，让孩子们享受观看的特权。

在地图上，若把博洛尼亚市看作是人脸上的鼻子，那么米兰和威尼斯两个城市就是两只眼睛，佛罗伦萨则在嘴巴的位置。事实上我的小弟弟徐春雷一家就在博洛尼亚工作，所以这次他就为朗朗同学前来考学提供了各种便利。

博洛尼亚大学差不多处于市中心的位置，这里的建筑因为古老而美丽。我不曾去过，搜一些网络照片观之，立马产生“虽不能至，心向往之”的感觉。这所古老的大学是如何之牛呢，从以下基本信息中可见一斑：

它是欧洲第一所大学，是公认的世界上历史最悠久的近现代意义上的大学，创立于1088年，至我写此文的2017年，已跨过了929年的历史。查阅中国编纂的《世界文明史年表》一书，收有以下介绍博洛尼亚大学的内容：

它被誉为欧洲“大学之母”，与法国的巴黎大学、英国的牛津大学和西班牙的萨拉曼卡大学并称欧洲四大名校。

早在1158年，在听取了该大学四位学生的建议之后，皇帝费德里克一世颁布法令，规定了大学不受任何权力的影响，作为研究场所享有独立性。

在这里学习或执教的名人有：但丁、伽利略、哥白尼，数学家费罗，天文学卡西尼，1909年诺贝尔物理学奖得主、“无线电之父”马可尼，在1906年获得诺贝尔文学奖的诗人、教授乔苏埃·卡尔杜奇，曾任意大利总理、欧洲委员会前主席的政治家罗马诺·普罗迪，等等。

在英国学者艾伦·科班所著的《中世纪大学：发展与组织》（山东教育出版社2013年10月第1版）一书中，博洛尼亚大学作为“最早的大学”，被称为“学生型大学”。今天的该校拥有超过10万名注册在校生，是意大利学生最多的大学之一。

…… ……

那么，全世界第一所大学，为何会在近千年前的意大利博洛尼亚诞生呢？当时的社会大背景是：意大利的中部和北部，随着工商业的发展，经济开始突飞猛进；而城邦势力逐渐压倒封建贵族势力，成为意大利北部的主导。在杨益著的《不可不知的意大利史》（华中科技大学出版社

2016 年 12 月第 1 版）一书中讲到，商人、手工业者、律师等职业兴旺发达，“他们与部分中下级贵族和广大市民联合在一起，自己选举执政，而不是和过去一样接受封建领主统治。这样，已经消失千年的古罗马时代的城市政治又出现了”；在公元 11—12 世纪，米兰、博洛尼亚、托斯卡纳、佛罗伦萨、比萨、热那亚等大城市纷纷独立自治，建立了一个个的城市国家。

在王军、王苏娜所著的《意大利文化简史》（外语教学与研究出版社 2010 年 2 月第 1 版）一书中，则直言“经济的发展使更多的人能够把主要精力投入学习和学术研究”，在行会林立的城邦共和国时代，从事学习和学术研究的人也与商人和手工业者一样，组织起行会，以保护自己的利益，由此大学诞生了。只是在它诞生之初，它是教授与学生的联合会，有些大学是由教授发起创立的，有些大学则是由学生发起创立的——

> 公元 1088 年，在意大利的博洛尼亚城由学生发起建立了世界上第一所大学。博洛尼亚大学的学生自主选择教授，教授的薪水由学生共同支付；此外，他们还每三个月选举一次大学校长。最初，大学没有校舍，借用教堂或修道院上课。后来得到一些慈善者的慷慨捐赠，才修建起了校舍和贫困学生的公寓。博洛尼亚大学最著名的学科是法律和医学。

而著名学者朱学勤教授在一篇畅谈“何为真正大学”的文章中，讲到了一个更大更重要的背景，那就是基督教文明的影响：

> 公元 5 世纪奥古斯丁的基督教第一次大综合，把基督教由一个光是信仰的宗教，变成了一个理性的宗教，一个讲道理的宗教。基督教越来越能够讲道理，讲究严格的理论推理，于是就有了最早的

大学。两个月前，我去了西方第一所近代意义的大学，就是意大利的博洛尼亚大学。这所最古老的大学，有近一千年历史，还力图保持老样子，那些房子已经非常老旧了，实在撑不住，才搞一根水泥柱把它顶上，一些残垣断壁也都很好地保护在街上。这些大学干什么呢，要寻找上帝创造这个世界时赋予的规律、规则，一种抽象的道理，要寻找万物背后的Logos。

Logos，即理性的“道说”。寻找“抽象的道理”，看起来没用，但“无用之用，是为大用”。而基督教文明和大学文明之间，有着源远流长的关系。在博洛尼亚大学创办500多年之后，在1620年秋天，五月花号载着102名乘客——这些乘客多为清教徒，其中有贫苦的农民、工匠，也有契约奴——从英国来到新大陆；这些陆陆续续到来的人们，在查尔斯河畔也弄了个“剑桥市”，并于1636年在这里建立了美国历史上第一所学府——哈佛学院，即后来的哈佛大学（Harvard University）。朱学勤说：“因为五月花上的人们的信仰，代表了美国精神的源头，形成了韦伯所谓资本主义的新教伦理。这些新教徒上岸后只有16年，还没有完全站稳脚跟，就建立了北美最早的大学，第二年以最大捐赠者名字命名为哈佛……160年后才建立了美国和美国宪法。”

大学的文明，是人类进步的阶梯。大学才是真正的“人造太阳”。没有大学文明，人类将会怎样？那大抵就是个“侏罗纪公园”。所以，我们要发自内心地感谢先人创办了大学，以大学文明推动人类文明的发展进步。读那些真正的大学，看起来是“无用”，但还是那句话——“无用之用，是为大用”。

当然，现今我们的青年学子出国留学，唯美国为首选，能被哈佛大学录取那是最大的光荣与梦想，不太去想意大利的博洛尼亚大学是怎么回事。尽管没有趋之若鹜，那儿多少还是有一些中国留学生的，在一个有关意大利语的微信公众号上，我看到有留学生对博洛尼亚大学的生动介绍，比如这个片段，小标题是《课本？不存在的》：

> 不同于国内纸制品的廉价，在意大利，不论是打印、复印，都是成倍的价格，因此想要得到课本，需要购买二手的，或去书店预购，或者狠心一跺脚，整本复印下来。在学院旁的复印店，你只需要告诉店主你是哪个教授的学生，他就能把该教授要求的所有书本都给你复印装订好。不过费用嘛，也是不低的，中等厚度 250 页左右的书一般在 10 欧左右。
>
> 因此值得一提的是，一般书本都是按照教授而不是专业的标准。每当专业换了教授，可能本专业的课本、考试要求、考卷都会有翻天覆地的变化。向前辈们请教的时候一定要问清是哪个教授哦！

跟许多欧洲大学一样，博洛尼亚大学也是“宽进严出”，顺利毕业可不容易。难怪市中心地标建筑一高一低的著名“双塔”有个传说：当地的大学生如果登上高塔，就毕不了业。所以学生们都是在完成毕业仪式之后才去登塔。

朗朗同学进入博洛尼亚大学就读后不久，我大弟弟发来信息说：“接到朗朗电话，他拿到在博洛尼亚大学的第一学年的奖学金，他所在的校区今年的新生有 80 多人可以拿到奖学金，他排名在第 35 个。这一学年他的奖学金有 5,000 多欧元。奖学金的发放，主要依据两个条件，一是高考成绩，二是家庭收入。”

大学是你们年轻人的。对于我们这些上了岁数的“旁观者”而言，萌动的只是去旅游的心。去意大利旅游，都知道要去威尼斯、比萨斜塔、古罗马大斗兽场，那么，是不是可以去一趟博洛尼亚和博洛尼亚大学呢？大学留下的文化、文明和精神，也可以是属于我们的。至少，可以去看看那些设在古老的哥特式建筑拱廊穹顶之下的教室、图书馆，在那些历经沧桑的石板路上骑骑自行车，到那著名的街区 Zamboni 去走一走，去逛一逛街口那富有特色的跳蚤市场，或者在午夜十二点感受 Zamboni 的人声鼎沸，以及去学生广场用目光找找年轻的意大利帅哥美女大学生……

此刻，我在网上点开一款地图，很方便地抵达了意大利，将博洛尼亚市区放大，或者缩小，都很轻松。世界其实不大，地球当然很小，在这颗蓝色的星球上，也就这么些人，人类本身就应该是一个共同体，通过大学文明的不断熏陶，共同走向进步，应该是我们所追求的。

远看欧洲地图，那欧陆仿佛是个匍匐下来的人，脑袋是西班牙葡萄牙，肩背是法国，拱得最高的部位是德国，心脏地带是瑞士，前脚是意大利，后脚则是希腊——它们踩着的是蔚蓝拍岸的地中海。人类若无腿脚，当然无法前行；意大利是走向文艺复兴的意大利，希腊是拥有“西方文明摇篮”雅典的希腊，这就是走过人类文明历程的两条强劲有力的腿。

今天的真正的大学，理应源源不断地从这些历史文明中汲取无穷无尽的营养。

正是大学和大学文明，让一代代青春学子找到了岁月的万丈光芒！